U0544111

山花对海树

韩今谅 著

GUANGXI NORMAL UNIVERSITY PRESS
广西师范大学出版社
·桂林·

SHANHUA DUI HAISHU
山花对海树

图书在版编目（CIP）数据

山花对海树 / 韩今谅著. —桂林：广西师范大学出版社，2021.2（2021.8 重印）
ISBN 978-7-5598-3374-7

Ⅰ. ①山… Ⅱ. ①韩… Ⅲ. ①短篇小说－小说集－中国－当代 Ⅳ. ①I247.7

中国版本图书馆 CIP 数据核字（2020）第 221518 号

广西师范大学出版社出版发行
（广西桂林市五里店路 9 号 邮政编码：541004
网址：http://www.bbtpress.com）
出版人：黄轩庄
全国新华书店经销
深圳市精彩印联合印务有限公司印刷
（深圳市光明新区白花洞第一工业区精雅科技园 邮政编码：518108）
开本：787 mm × 1 092 mm 1/32
印张：6.375 字数：95 千字
2021 年 2 月第 1 版 2021 年 8 月第 2 次印刷
定价：42.00 元

目　录

小红花

红发

这家叫“餐厅”的餐厅开在肿瘤医院，三十年来并无长进。暗绿色围墙，手写美术字，胶皮门帘，你须得定睛一看才能发现，此地并非全然不被时光侵袭：锅炉换代成饮水机，兑换餐卡的柜台贴了二维码，冰柜上也多了位新晋成名的少年偶像，举着一瓶饮料，露出整个餐厅里唯一的笑容。柜台里坐着一位沉默机警的大姐——可能换过，也可能没有，眼总盯着手机里的电视剧，余光却照护着她治下的洗手液和薄如蝉翼的餐巾纸。

以前这里叫“健康餐厅”，怕人糟心，撤了名字，又取不出新的，久了也没人在意了。清可鉴人的小米粥交一次钱可以喝到饱，连守柜大姐都绝不干预。仅凭这点，餐厅也应当活到现在。

韦一航对吃喝没有要求，确切地说是对生活没有要求。有饭，有座，已经符合他等人的全部需要。墙角的垃圾桶反复被塞进垃圾，不锈钢餐盘摞上别的不锈钢餐盘，浓重的消毒水气味覆盖淡去的消毒水气味，食不甘味的人们像接受治疗一样，处理着面前的食物。这里永远不缺客人，不必也不能提供更好的食物，因为“好吃”对身处痛苦中的人来说，更像一种冒犯。

一张印着二维码的图片自桌边伸来，韦一航在清幽香水味中半抬了头，瞥见一个红头发的女生，斜背帆布包，胸前挂绳上吊着一束塑料卡片，料想不是推销的就是拉群的。韦一航说了声不用，等那身影识趣离开。一旁的凳子拖地一响，一股湿热的人气儿贴近，韦一航身子一紧，牛小兵已经叉着腿，面向他坐在身旁。牛小兵细脚伶仃，冷白的脸近乎透明，只有鼻头微红，像定位的靶心。他总是张着嘴眯着眼，仿佛含着一个永远打不完的哈欠。他说，这是远儿姐，转院过来的，是时晓昧的代理。韦一航挪开被他抵住的膝盖，顺着他的介绍抬头，嘟囔一声，卖药的吗？牛小兵不高兴了，让他别胡诌，说小时哥啥时候卖过药，他那是给大家帮忙。

没有人能说时晓昧的不是，他在这里是没枪的教父、无衔的家长，位同生命之火，自带欲望之光。凡是见过他的病人和家属，不管最后康复与否，没人不曾被他抚慰，没人未经他燃起过希望。韦一航是出院那天遇到他的。他没穿白大褂，但被身边几个人围着，探头往他们手中看去，说，你这个，看 CT 肿块小了很多，侵占门脉的癌栓回退了哈。又说，你这个啊，仑伐是新药，比索拉强，就是贵，主任是不是也这个意思？你加我了吧？勤盯着，有转药的赶紧入。

韦一航的妈当他是微服私访的大夫，也问了两句，才发现这恐怕是她顶头疼的微商，推着韦一航便走。给韦一航送行的牛小兵让他加时晓昧微信，说不定用得着。韦一航的妈顾不上别的，呸呸呸了几声，把牛小兵的晦气啐在地上。本想拒绝的韦一航却依言掏出了手机。

照片里，时晓昧那用词宏大的病友互助会看上去不过是天台上撑开的折叠椅子和小小餐台。他的朋友圈的确信息量巨大，说是假发店老板，广告还没有求助信息发得多，“父胃癌去世，转希罗达 8 盒送人血蛋白”，“已耐药，便宜出余药仑伐替尼，仅开封，有发票”……韦一航卧床养伤，指头一划，别人的悲剧在时间线上离去，只留下他作为临时幸存者的窃喜和忐忑。

叫方远儿的姑娘拽了一下韦一航的头发，捻了捻说，哦你不用买。她的红发垂下来，细看之下像是假发，脖上那串塑料片是二维码图片，最前两张错开着，“肝癌术后营养群”，“家属互助二群”。人看不出年纪，总该比他大。

牛小兵问韦一航是不是又来找刘大夫，韦一航还没回答，方远儿就告诉他，刘大夫有手术，且出不来呢。喷消毒水的员工走过，她捏着鼻子说，你俩跟我去门口吧，我得拦几个外卖员。牛小兵架着韦一航起身问，外卖不让夹带广告，他们怎么还给你带啊？方远儿说，要么看我可怜，要么看我漂亮吧！看我可怜，说明他们人好——好事；看我漂亮，说明我确实漂亮——也好事。

韦一航多看了她一眼，她个子不高，头在浓密的头发中显得极小，涂着说不上什么颜色的口红，眼睛倒是大而圆的，漂不漂亮不好说，这不，他同样没什么道理就跟出去了。她的不容置疑并非出自权威，而是你莫名就觉得和她同属一伙了。

听牛小兵的意思，方远儿到这儿时间不长，可她一路都有人攀谈，人头很熟。方远儿说，来都来了，方方面面的都参与一下子。她故意竖起食指晃动，把话说得娇气几分，惹得牛小兵又想笑，又怕一笑冒犯了小时哥。

牛小兵说，你不知道，她听小时哥报完大名，给他微信备注的是“萌妹的妹”，到现在也不改，这也就只有她敢了。牛小兵连摆几个他认为代表萌妹的动作，辅助韦一航理解。连韦一航都知道，时晓昧最讨厌被人叫“小妹”。他总强调名字是“时间的时，破晓的晓，蒙昧的昧”，说这名字是算过的，到点天亮，蒙昧退去，真理大白，最好不过。

韦一航俩人溜边，树荫下站着。方远儿守院门口，没多会儿工夫，就拿下几个小哥，把印有“化疗病人八折”“免费参加会员活动”的假发广告散出去不少。

牛小兵照胳膊一拍，却没见蚊子，他说，吸了我的血，不会得白血病吧？这种不着四六的话，牛小兵随口就来，韦一航都不爱搭理。

韦一航刚住院就认识了牛小兵，准确地说是被他认识了。难得遇到同龄男孩，牛小兵惦记着向他打听“外头”的事，也就是韦一航那时最不想提的事，他一见牛小兵来串门就假装睡觉。手术前，韦一航吃不下睡不着。牛小兵就不一样了，“餐厅”被他叫作“绝望餐厅”，绝不肯吃，点外卖是他一天好日子的开始。常年打针上仪器，他练就了双手拿筷子的功夫，哪手空着，就哪手吃。他卡点吃饭，怕“饿出病来”；准时上床，怕“耽误排毒”；吃药按刻度，绝不贪杯；缠绵病榻近十年，还在为“医生远离我”而坚持着“一天一苹果”。他在床边唇齿铿锵，酸甜的香雾在韦一航的上空经久不散，形成一种嗅觉上的聒噪。韦一航的妈除了向牛小兵打听事，很不赞成他们交朋友。她的儿子治好了可是要走的，结下深厚的羁绊既不划算，也不吉祥。借由她的反对，这份友谊被韦一航保留了下来。

一出神，韦一航眼前又出现那片说不清是什么的蓝色，蓝色像在行走，浮动着粼粼光晕，裹挟他坠入深处。他身子向前倾去，这时手里的手机频繁振动起来，他站定了，点开微信，发现被牛小兵拉进了一个四人群。另外两人，一个叫“有多远滚多远”，一个叫“AAA 奇妙魔发屋直销代理”。都是我，方远儿解释道。

蓝梦

肯定是落里面什么东西了。

韦一航复查了多少次，他和刘天仁谁都记不清了。刘天仁是韦一航的主治医生，半年前给他开过一次相当漂亮的瓢。术后一切指标良好，韦一航却坚称自己脑子里被留下一片闪着白光的蓝色镜面，心理医生莫衷一是，只有他妈给他确诊了：他就是不想回去上学。

韦一航又缠住刘天仁，问是不是他脑壳里多了别的东西，网上说好多大夫开刀都给缝进去过什么。刘天仁说：第一，没有“好多大夫”，不然也不会上新闻。第二，你是开颅，不是开肠破肚，你那点脑壳我能往里放什么？放什么能复查好几次看不出来？第三，说好几遍了，你还没过恢复期，有些不适不一定是病理性的。韦一航说，那我就想要点病理性的，什么失眠失忆了，失语失衡了，多重人格了，听说还有人突然学会一门外语的，就我这个，太普通，又毛用没有。

刘天仁记得韦一航在父母跟前问三句答一句，他还劝这孩子多开口交流呢，现在却只恨不得缝上他的嘴。牛小兵正取了他的外卖回去，看见刘天仁这边快急眼了，上来揪住韦一航的短袖，把他朝自己病房拉去，不忘回头给刘天仁一个“不客气”的眼神。

自父母生意好了，牛小兵就搬进了单人间。不看医疗设施的话，这里跟一般男生宿舍差不了许多，该有的都有，还有台显示屏挺大的电脑。桌上立着张照片，一家四口。牛小兵得病次年，弟弟牛小星仗义出生，将以骨血援救这位素未谋面的哥哥，如今小学三年级，已经超过牛小兵的学历。

牛小兵报了互助会下次的活动，帮韦一航也报了，理由是他想去吃小时哥的互助会特供曲奇。他未成年，必须得亲友签字才能离院。韦一航不悦，说我他妈不也未成年。牛小兵像看傻子一样看着他说，谁管你成年没成年，你又不是这里的病人，你在这事儿里的身份是签字亲友！去看看吧，小时哥为找这个大师求了好几次，人家没空，还是远儿姐牛，发了条什么私信，人就答应了。韦一航问是什么大师，牛小兵说，抗癌的。韦一航又问，抗成了吗？牛小兵说，这谁知道呢。他发明了一个理论，好像叫川鲁粤淮扬，好多人说牛……

后面的话韦一航没听进去，他真正担心的正是他会再次成为这里的病人，重复疼痛和屈辱。每个人都说他的幻视不是病，甚至不是复发的前兆，过段时间就好了。可如果它一直不消失呢？我能去上课吗，能考试吗，能开车吗，能工作吗？在人生某个重要的瞬间，忽然浸入无知无识的碧蓝色短梦，又将如何？

这日的天台多添了张条案，后面坐着的男人蓄着短须，穿白色盘扣大褂，除了身上没有“《癌到苦尽甘来——抗癌大师张鹤松的五味人生》”那两行华文行楷，跟易拉宝上的照片绝无二致。面前镇纸下有他写好的毛笔字，旁边两摞图书，封面上的男人蓄着短须，穿白色盘扣大褂，手里拿着的也是这本书。韦一航坐在后排，看着这群病人的后脑勺，猜测谁的大限更早到来。

一段“尝尽五味，而生无畏”的演讲之后，张鹤松款款亮出几张斗方，谁起来分享自己的故事，就有机会买走他的墨宝，还能获赠签名书一本。韦一航看那斗方上写的酸甜苦辣咸，终于明白为什么牛小兵会说出“川鲁粤淮扬”来了。

鼻子里插着管的杨师傅，形容枯槁的廖姐，瘦骨嶙峋的格子，坐着轮椅的老严头，轮番奉上润笔，也奉上声泪俱下。人人都说是张鹤松的书让他们与癌细胞化干戈为玉帛，把抗争的路走得更远了些。

杨师傅这些年跟病友们练了手好牌技，过年前儿子给他报了邮轮游，他在上面赢了两千块钱，是甘。廖姐常年劝老公戒烟酒，结果是她得了肝癌，婆婆说什么也不信肝癌不传染，逼他们离了婚，连孩子也不让见，是苦。格子治好了癌，却丧失了性能力，他在游戏里网恋，却根本不敢跟对方见面，是咸。骨肿瘤的老严头嘻嘻哈哈着说，在得这个病之前，他最痛的一次就是跟老伴儿结婚前，怕她嫌脚气臭，硬是用白醋加白酒的偏方连泡了三天，烂肉被那开水一激，疼得直冒冷汗，早知道要截肢，这脚气就不治了。老伴儿听完给了他一巴掌，是辣……

人们暴露出各自的残破，期待着各自的奇迹，而张鹤松只是弯腰抱出又一摞书。韦一航只觉得气血翻涌，上前抽出那张“酸”，在拳头里攥成一团，扔在地上说，什么叫奇迹啊，奇迹是一觉醒来这一切都不存在，是我不用拖着天旋地转的头担惊受怕，是他的两条腿失而复得，是她一家三口阖家欢乐，是肿瘤从来没来过，你不用一分钱掰成两半花，也不用疼得睡不着觉。离不开轮椅算奇迹吗？插个管拖着氧气瓶出门算奇迹吗？你怎么不说装个粪袋边吃饭边漏屎算奇迹呢？

牛小兵嘴里喷着曲奇，冲上来阻止韦一航，却抓了个空。老严头把轮椅转到韦一航跟前说，孩子，我们就是要个精气神，不为自己，也为周围的人。就像我没脚了，套双鞋子，也少吓唬人吧。

韦一航冷笑，别人糊弄我们还不够啊？我们就别糊弄自己了。你看那老骗子，在乎你们什么了？张鹤松气得哆嗦，拍着胸脯说自己比谁都在乎。韦一航笑着问，那他们之中谁死了你跟着死吗？韦一航躲开牛小兵，继续朝座位上的人喊着，醒醒吧，该哭哭，该恨恨，该去他的就去他的，你死了，别人都收拾收拾照样过，千万别以为自己多重要。我要是复发了，我立刻去死，让我像这样活着，我不愿意！

一个金黄色双麻花辫的女孩站起来，走近了韦一航才认出是方远儿，想起这活动是她办的，心头一悔，一张嘴漏出来的却是，看吧，这就是你请的大师。方远儿摘下一直松松垮垮挂在身上的帆布包，掀开衣服下摆，牛小兵摁住了她的手，可韦一航已经看到她露出的粪袋。细瘦的腰腹随着她的呼吸起伏，那一团隐约的秽物聚集着所有人的目光。

廖姐忽然发出一声悠长的悲号，长长短短的哭声加入进来。韦一航知道牛小兵在看他，知道方远儿在看他，他不敢抬头，在一浪又一浪的哭声中跑了。

你必须给我再做一次手术。你给我打开，你打开看看。韦一航趴在办公桌上摇着刘天仁，没等对方回答，他的泪滴已嗒嗒掉在纸上。刘天仁眼睛很红，透过蒙了许多手指印的眼镜看着他，舔了舔起皮的嘴唇，一叹气，眼睛就更红了。

韦一航忘了自己是怎么走到公交站的，“肿瘤医院到了”，这报站声不知道让多少人神经一紧。一对中年男女在站牌下抱着，互相拍着对方的后背。立交桥上，一个老人像是站了很久，不知道还要站多久。一行人捧着饭盒，在写了“免费使用微波炉”的小卖店门口排成队。穿黑熊玩偶服的人散发着无人接收的传单，忽然一头栽在地上。路人朝地上的黑熊围拢过去。车来了，韦一航却朝天台折返。

天台上只剩牛小兵陪方远儿收椅子。牛小兵见他来就说，我到点了。看都没看韦一航。方远儿留了两把椅子没收，跟韦一航背对背坐下来。方远儿说，你能闻见吗？韦一航说，什么啊，香的。方远儿说，我每分钟都担心那个袋子满了，漏了，炸了，怕身上有味，自己闻不出来，只有别人能闻见。刚开始那几天，我天天在噩梦里对自己说没事这只是噩梦，醒来却发现现实还不如噩梦。战胜病魔是不可能的，有些人无非是认命认得比别人干脆。你说得没错，这算个屁的奇迹，人类这个水平，太一般了。

天台上的风被夕阳烘得急而温暖，韦一航就着风说，你要不说，根本看不出来，我一直以为你跟时晓昧一样，就是志愿干这事。

方远儿说，我和你一样，不需要糊弄自己，可是有些人需要。都是活不长的人，吗啡都能上，喝点鸡汤过分吗？

韦一航让她帮忙给那些人道个歉，方远儿问怎么道，韦一航想了想说，就说我脑子有病吧。方远儿一笑，把辫子甩开，露出脖子处的黑色发茬。

红花

时晓昧又接了个电话，对着那头说了些好话。这是韦一航第一次正面观察时晓昧，他圆鼓鼓的双颊埋着小片陈年痘坑，说起话来手势很多，两台手机此起彼伏振动着，他没法好好吃几口饭，也顾不上跟他们说话。方远儿是不怎么能吃烧烤的，只有牛小兵手不释串，还不时塞给今天请客的韦一航。

牛小兵说，时晓昧的房东因为他们在天台搞活动，已经涨了好几次房租了。韦一航听说过，那房子是时晓昧的爱人得病时租的，病友会也是那时候搞起来的，所以时晓昧不舍得走。韦一航问，嫂子是什么病走的？牛小兵说，别叫嫂子，怪难听的。韦一航不解了，嫂子有什么难听的？方远儿乐了，叫你嫂子你乐意吗？牛小兵补充，他爱人跟咱们一样。韦一航一呆，本以为时晓昧没在听，见他放下手机正笑着看他，不好意思起来。

方远儿问，你不是喜欢探险吗，都去过哪儿？我看看，爱好是冲浪、浮潜、攀岩、翼装飞行……方远儿翻着他的豆瓣念着，又把他标注“想看”的书一本一本念出来。韦一航没承想方远儿会“人肉”他，红了脸，说都是乱点的。

牛小兵听两句，冲韦一航啧啧两声，听完说，胆儿还没我的大呢，真敢写啊。

方远儿说，没看过可以看，没出去过也不丢人，就算跟小兵似的出不了远门，也没人限制你的脑子。比方说门口这个鱼市，你蒙上眼，踩个滑板，往坡道上一出溜，我们从旁边给你吹吹风洒洒水，那不就是4D冲浪嘛。再比如你想去死海漂着，在家做一个就是了。

牛小兵连声附和，我看过那种视频，往充气泳池里放多少多少盐，真能漂。

方远儿说，他随你俩椰子，我借你一墨镜，还差啥？

时晓昧问，南极想去吗？我能联系到冷冻车，再找个氛围灯，你往里一钻，包你看到年轻人的第一道极光，附赠企鹅北极熊。

韦一航说，到底咱俩谁没出过门，企鹅北极熊能在一块儿吗？

时晓昧说，真的，方方面面的都参与一下子。真得听方远儿的，生命体验贵在不拘一格，我们的每一天都可以是探险……

韦一航说，别这样时哥，我刚觉得你这人实在，不要毁人设。

方远儿说，小妹儿说得对。

时晓昧更正，是小时。

方远儿说，时晓昧说得对，科罗拉多大峡谷是好看，门前大桥下游过一群鸭也挺好看啊。大脚野人尼斯湖水怪很神秘，牛小兵买煎饼为什么总能挑到双黄蛋你就不好奇吗？

韦一航说，你俩对着捧吧。他隐约觉得她胡搅蛮缠，又很高兴听到这一切。

韦一航再去医院，不去绝望餐厅，也不纠缠刘天仁了。刘天仁把他的精神康复记在时晓昧的功劳簿上，时晓昧的形象，在口口相传中又壮观了几分。牛小兵一有空就帮韦一航搜索图片，拿着世界各地蓝汪汪绿莹莹的水景问是不是他的应许之地。韦一航脑海中的光景说是海也行，湖也行，可能并非水域，甚至实际上根本不存在。牛小兵说，光澳大利亚就有超过一万个海滩，一天去一个，要用二十七年。韦一航劝他别找了，亲临实地就能解除这个诅咒，本来就只是一厢情愿。

七月一到牛小兵就开始念叨他的生日，往年爸妈会带着弟弟接他出去吃午饭，他跟方远儿和韦一航说好了，给他们各留一块蛋糕第二天吃。韦一航不知道因为什么预感，到那天下午又来了医院，果然根本没人接牛小兵出去。牛小兵在妈妈的朋友圈刷出弟弟钢琴比赛的照片，小星抱着比他半个人还大的花束，在爸妈中间比着一个V。妈妈的文案是“这一天等了很久”。牛小兵把自己卷在被子里说困，让韦一航走。韦一航揪住被子两头，把他抖搂出来，又叫上了方远儿。

方远儿从最近的店买到一个画着老寿星的蛋糕，在“松鹤延年”之上写了牛小兵的名字，等她赶到拉面店，两人已替她也点上了牛肉细面。

牛小兵吹了蜡烛，把寿桃先切给方远儿，匹配她今天的粉色短发，带鹤的那块给了韦一航，自己冲着寿星下了嘴。他问服务员要了餐盒，留出来三块，还拿出小星得奖的照片给方远儿和韦一航看。方远儿往后翻了两张，看见小兵的爸妈和弟弟在家的合影，卧室里还是两张床，显然给牛小兵保留着住的地方。牛小兵指着床头说，墙上贴的小红花有我的两排。以前我们也都在这里拍照，去年我发现啊，弟弟的小红花已经超过我的了，他陪爸妈的日子也多过我了。牛小兵吃了一块蛋糕，又给自己切了块小的，说，我也没资格不爽，该埋怨的是他，要是他知道来到世间的原因是要为我治病，不知道会不会怪我。往他身上扎一针，别说我爸妈，我都不舍得。

韦一航和盘子里的仙鹤对了会儿眼，问，小红花不是哄幼儿园小孩的吗？看方远儿瞪过来，小声补充，我又没拿过小红花。见两人不信，韦一航只好解释，我学习不主动，劳动不自觉，吃饭不带劲，睡醒没精神，总之人生就没当过积极分子，小红花要是有花语，不就是假积极吗？牛小兵像是听到了比他凄惨百倍的故事，摸着韦一航的头说这小孩也太可怜了！我寻思你是得了病才开始半死不活呢。韦一航拿开他的手说，我妈一直认为，我是这样才得的病。

三人面前的蛋糕吃完，方远儿才想起来问牛小兵许没许愿。牛小兵说许了，每年都许一样的，想当爷爷。韦一航问，当谁爷爷？牛小兵说，就一般爷爷，公园里那种，什么都会，什么都有，想干什么干什么，永远不缺朋友，多咱看见都是乐呵呵的，就那种。缺啥想啥，知道自己活不长，非想当爷爷。

方远儿抽了抽鼻子说，你不光能当爷爷，还挺会装孙子。

面条上来了，牛小兵挑了一根长面条，韦一航说是好兆头，长命百岁。方远儿看了他一眼，韦一航也发觉了，这种话不像是他说的。韦一航吃了一口就呛到了，再抬头不由喊了一声我操，墙上那幅像素极低的装饰画，就是他脑子里一直盘旋的地方。

方远儿顺着他眼光看过去，立刻明白了，说你别急，我问问他们在哪做的这个图，让打印社通过图库联系摄影师，我去给摄影师私信，问问他这是哪，肯定能找着！

韦一航说，这是青海湖，哪个拉面馆子都有。

把牛小兵送回病房，方远儿忽然拉过韦一航的手，往他手背上画了一朵小红花，五瓣圆心，水润明艳，用的是往快递箱上写字的记号笔。韦一航问，什么意思？方远儿说，奖励你的，你今天积极主动了，要不是你，牛小兵不知道多难过。

方远儿走了老远，韦一航还站走廊里。牛小兵知道了，上蹿下跳，要开“嗑”他俩的CP。韦一航说，不可能吧。牛小兵问，你有女朋友吗？韦一航摇摇头。牛小兵又问，远儿姐多大？韦一航说，反正比咱们大，二十或者三十吧，我看不出女孩多大，可能因为没谈过女朋友，你谈过吗？牛小兵点点头，九岁谈过，儿童医院对床，床号59，谈了几天人不见了，我妈跟我说，她去美国治病了，现在想来，可能是死了。

黄烟

开始张罗去青海之后，三人迅速成为当地旅游知识的暴发户，为什么山上不长草，风吹石头跑，为什么羊群身上染着花花绿绿的大记号，为什么屋顶能赛跑，有用没用先研究个遍。虽说是目的明确之行，但是去都去了，肉要吃一吃，庙要拜一拜，“方方面面的都要参与一下子”。韦一航家一句话就达成了交易，他答应这趟回来就继续上学。牛小兵就麻烦些了，他之前说过，做了骨髓移植，如果坚持到明年不复发，他的康复率就高得多，现在多少有点后悔说了这事，生怕韦一航不带他，近日着意显得生龙活虎了些。自从牛小兵的父母错过他的生日，就对他添了小心，有一万个不愿意，还是表现出全力支持的样子。可是韦一航说，牛小兵能不能去，得让方远儿拿主意。

方远儿最近忙，虽然还给他们做攻略，也催着韦一航行动，却不怎么见人。她拉来一些搞漫展和摄影的客户，让时晓昧的生意颇见起色，靠着这几家送的图，她把网店也开起来了。原来有一搭没一搭的互助会，固定了活动时间，她还搞了一个公众号，自然比时晓昧的朋友圈正规多了。

牛小兵偷偷跟韦一航说，远儿姐跟假的似的。韦一航说，是，不知道累。牛小兵说，我是说她的日子啊，像是在云彩里过的，跟咱们不一样，说出去没人信，像编的。你不觉得她好多事都像编的吗？韦一航说，还真是。牛小兵说，“编得跟真的似的”是骂人，“真的跟编的似的”应该算是夸人吧？咱下次夸夸她，你敢不敢？两人正聊着，一个妇女找他俩问路，牛小兵反正没事，直接给她带到了要找的病房。

病床上歪着的是方远儿，蓝色短发，脑后扎了个小扫把，正指导床边的男人往几个纸箱上贴快递单。妇女进来就哭，方远儿没理，看着她身后，先跟韦一航他俩说，又长了。

女的是方远儿的姑姑，总哭，男人是大伯，年纪不轻了，电话铃声调得老大，说话声也响。方远儿让他们签了位护工，平常就不用来了。牛小兵看着床尾的病号牌说，你六月的生日啊，咱仨六七八，明年往中间凑凑，一块儿过十八岁生日，不是正好吗？方远儿说谁要十八啊，我三十一。

韦一航想起一个说法，生命力旺盛的人，肿瘤也长得格外快。他怀疑方远儿早就知道她复发了，所以才没完没了地安排事，安排他们。而生机勃勃的新肿瘤也在她的身体里忙着磨损出一个个破孔，磨尽了手术的所有可能。就在她熬夜，赶路，争分夺秒之际，她的身体内部静静瓦解，溃烂，正不压邪。

时晓昧来看望她的时候，方远儿总会赶走韦一航和牛小兵，说要聊大人的事。她有时甚至让护工阿姨也出去休息。护工年岁不小了，却是刚干这行，方远儿每天疼睡着以后都不停嘴地骂人，吓得护工不敢靠近。方远儿不再拿时晓昧开玩笑了，她对他说，这世界上每天都有惨事发生，要是你觉得日子好点了，不用觉得对不起谁——她知道病友们口中他那位“坚强的”爱人，其实并不是病故，而是从时晓昧这儿得知病情复发，在天台自杀的。方远儿还说，你不知道，这种疼，有希望的时候都不想忍，知道治不了了，谁还想扛着呢，那是病害的他，不是你害的。时晓昧在那儿，常常哭得比姑姑更狠，可方远儿从没赶他走过。

好点的时候，方远儿就爱看牛小兵吃饭，每顿都指着碗里的东西问个遍，这是什么，好吃吗。这天牛小兵点的羊杂汤，方远儿看着就说，我本来有机会用猪小肠修补修补肠子的，说不定以后能自己拉屎了，现在可好，给我全套下水也没用了。我说这个，你还吃得下去吗？牛小兵说，远儿姐你尽管说，什么都不耽误我吃饭。方远儿说，可不是嘛，韦一航不是说过么，谁死了别人也都照样活。牛小兵吓得不敢吃，又不敢不吃，方远儿猛地哭起来，把手边够得着的东西扔尽了，哭得只差背过气去，才吃了药睡着。韦一航想起自己确诊那天看见同学时的厌恶，他们明明可以走却跑着，他们为不好笑的笑话哄堂大笑，他无比地想毁灭眼前这些活生生的东西，仿佛是他们侵占了他活下去的权利。

牛小兵哭着收拾病房。韦一航在一旁数着她每天用吗啡的片数，二、四、六、八、十，自言自语问，这么吃会不会上瘾。查房医生听见说，放心吧。不知道是说放心吧外面买不到，还是说放心吧，她活不到上瘾的时候。

方远儿崩溃的事情谁也没有再提。她清醒的时候日渐少了，两次止痛药的间隙对别人来说越来越短，在她看来却越来越长。她早就戴不住假发了，一疼起来整个人像岸上的鱼，反复挺起，跌落，有时是后脑先杵在床上，几乎折断脖颈，有时是瘦骨落在床上，嗵嗵有声。口角的白沫随着她的抽搐在床上拉出蜿蜒的痕迹。护工给她整理时并不避讳在场的男孩，她只是一件工作，不存在任何尊严与隐私。转头不及的时候，韦一航看到过那个薄薄的粪袋，里面总没什么污物，他想起方远儿身上永远浮动的草叶香氛，和那段没能取而代之的猪小肠。她身上的线向仪器汇报出令人不安的数值，不得不安上氧气面罩，她无意识的哀叫不再响亮，它们空而久，冷而厉，让人想起废弃的水泥管子里灌进来的风声。她的手不时挥向半空，重复呼喊从没在她的叙述中出现过的妈妈，仔细听还有一些呓语，比如韦一航你看路，别盯着脚下，比如别打了别打了，别打了。

距离他们出发的行程越来越近，韦一航想把票退了，牛小兵却怕方远儿醒来要发飙。牛小兵在淘宝请了平安符、御守、香灰、六字真言、金字塔能量发生器、水晶杯，又怕它们打架，放在屋里不同方位。

方远儿在他折腾完以后真的起身了，靠床坐了好一会儿，牛小兵激动得不行，一一鞠躬说，不知道是哪位显灵，反正先谢了。方远儿让他别整虚的，赶紧买块西瓜来，她今年夏天还没吃西瓜，馋得难受。

牛小兵立刻叫他相熟的水果店老板送瓜来。趁他到楼外取，方远儿把病床下的快递盒指给韦一航，说这两单是售后，得帮她发出去。韦一航不敢抬头，方远儿接着说，我觉得还行。韦一航问什么还行。方远儿说，死还行，就是麻烦。比如修哪张照片当遗照，怎么应付亲戚，对了，你还得给我挑个骨灰盒，我姑他们买的我看不上。你给我垫点毛茸茸的布啊什么的，别怕太娘，软乎就行，身上太疼了，你不知道，像每天被人胖揍一样，一伙从外往里揍，一伙从里往外揍，不能死完还硌得慌。墓园不用操心，埋我爸的时候给我自己留地方了，就是当时没钱，买的位置不好，得爬好多级台阶，你俩最好赶紧好起来，不然以后去看我都费劲。韦一航一直答应，他明白，方远儿不想听再坚持一下还有希望别说丧气话，否则这些也不会交代给他。

牛小兵拿回的西瓜又红又水灵，方远儿很高兴，接了勺子就挖。牛小兵看方远儿照西瓜心挖着吃，说，我都是从边上吃，把最甜的留到最后。方远儿笑着停下来说，不先吃心，我就吃不着了啊。方远儿给两人都转了钱，说，郭德纲老师说得好，有事来不了的朋友，把票钱送来。这是我参团的费用，这钱没法退，你俩一定去，去就不亏。牛小兵站起来，一颗苹果从裤兜掉出来滚到床底下，他卷着一阵风跑出去，把走廊变成一个枪膛，他的哭声被发射出去，消失在最远处。

不知道方远儿死的时候身边有没有人。韦一航是接到牛小兵的急电才来的，牛小兵照例一早过来，方远儿的床已经空了。护士知道他只是同楼的病号，不肯告知家属的联系方式。韦一航来了，说他们还欠方远儿的钱，要还给家属，才要到了电话。

那是一个设备最旧的火葬场，告别仪式一定短，他们来的时候一切都结束了。好在这里比任何一个单位都不需看守，两人没费力就进到了里面。

黄灿灿的炉膛敞开着，一具已经烧了大概其的尸身被撤出来，韦一航扶着大喘的牛小兵，瞳孔适应着黑暗的房间和耀目的炉光。膛口的工人打完一个哈欠，歪头挥起大锤，朝最坚硬的脑袋砸下去。

白色的骨渣在托盘上跃起，震碎了牛小兵惊怖的喊叫，断断续续，无依无靠，除了韦一航谁都没听到。那尖叫和残躯一起，被送回火焰，像被颤动的金红绸缎包裹、吞咽，距离真正的骨灰更近一步。韦一航很想多看一眼，眼前却又被堵上了那片蓝色的水幕。

这次不用吗啡了，韦一航闭上眼，忽然有点替方远儿高兴。

两人出来才看到外间的黑白条幅，“方远女士一路走好”，不知是谁打漏了那个字。牛小兵又哭又骂，找来白纸，撕出一个“儿”字，踩着韦一航的肩膀，用口香糖给它粘住一角，飘飘忽忽留在了条幅上排。

院子里有两个人演奏起送别的萨克斯风，听旋律是《同一首歌》，韦一航怕牛小兵又不满意，先开口说，你仔细想想这词，特别合适，鲜花曾告诉我你怎样走过，大地知道你心中的每一个角落，在阳光灿烂欢乐的日子里，我们手拉手啊想说的太多。牛小兵哽咽着说，放屁，你念的，那根本不是同一段。烟囱里还飘着一缕一缕灰黄色的烟雾，骨灰却已经送出来了，韦一航忍不住想起那些骨灰领错，甚至是百家灰的传说，猜测那里面有多少是方远儿，有多少是不相干的人。大伯和姑姑分别拿着骨灰盒和遗照，后面还跟了两个年纪轻些的人，从没见过。韦一航扶着还在哼哧的牛小兵目送他们出去，他敢肯定那张照片不是方远儿选定的，但是骨灰盒是他给买的那个，还不错。

白光

韦一航带着牛小兵上路了。两人问时晓昧要了几顶假发，一路上假扮方远儿在，拍些合影。他们按方远儿定的路线一站站打卡，票也订了，房也订了，天空跟图片里一样好看，饭菜跟描述中一样好吃，好像真有人带队一样。只是韦一航始终没感觉到期待中的解脱，反而被高原反应折腾得睡不着。牛小兵想起方远儿就要哭一哭，红红的鼻子更红，眼泡一肿，在阳光下透明了一般。

最后一站是大柴旦盐湖，两人已经累得索然无味，只是谁也不想说出取消罢了。一路上连游客都没碰上几个，出租车的司机也不善言谈，只在车上播着一位女歌手美妙但意义不明的吟唱。或许是习惯了这个海拔，或许那歌声确有疗愈效果，两人感觉好多了，快到目的地的时候，干脆下车步行。

路上罕有行人，只有一个喇嘛领着一队小阿卡自山的方向来，沿途撒着风马旗。风马旗乘风而上，大团大团的白云摇摇欲坠，一眼望去，仿佛天地之间的距离不过尔尔。水草之侧，一群黑颈鹤滑翔落地，白羽黑边。牛小兵啃着他的苹果说，这个鸟肯定聪明，你看它翅膀，跟诸葛亮的羽毛扇子一模一样。

镜面一样的湖水陡然出现，倒映着真实世界的一切。那水蓝也是蓝的，绿也是绿的，又不知该归于蓝还是绿。韦一航不小心踩进水里，心底随着涟漪一颤，对岸有个小阿卡向他招手说，回来了。韦一航一呆，不由自主快步走去，脚下一滑，脸朝下跌进湖里。

苦涩的水灌进七窍，像是也灌进了他头顶那道伤痕。他忍着剧痛想睁开眼睛，云和鸟腹在翡翠色中浮沉，盐簇如冰似雪，又如一枝枝白珊瑚，透出晶莹火彩。他无法确定那是眼前还是脑中的景象，似乎二者汇流成一道柔波，载着点点光斑，游动成一片金白色，五彩的沙粒从中荡开，折射出千千万万的细小光束，韦一航的心跳似乎也停了下来。

他的两只手忽然被人握住，朝前滑出了水面。

韦一航站定，水竟只及大腿，救他的小阿卡面露笑容，却有几分不解。韦一航转过头，背后是吓傻了的牛小兵，和小阿卡原本招呼的那群同伴。韦一航带着一身咸湿，跑出去抱住牛小兵，泪不断从刺痛的双眼中冲下来，好像要补足这些天没能陪他掉的眼泪。

小阿卡教他洗了眼睛，跟上同伴走了。烈日下风一阵阵扑过来，韦一航浸过盐水的皮肤紧绷着，衣服逐渐硬在了身上，像是在这儿风化了一万年。牛小兵拍着照说，这个咱们也攻过略了，画上不同花样能防丢，一家一个样，我还拍了个有黄叉的，还有一个爆难看……

韦一航用手撩起湿而涩的头发，才看见正对湖畔的山坡上，羊群由远及近，每一只羊丰厚的皮毛上，都画着一朵新鲜的小红花。五瓣，圆心，水润明艳，耀目如血。是你吗？韦一航心中问。蓝天绿草白羊，无人为此作答。

他抬起手，似与赠花人道谢，似与赠花人道别。牧者不需永远出现，羊群将再也不会走失。韦一航确信那个花语已被他推翻，那些不幸从此形同虚设，无数次奖励已经提前支付，不容拒绝。

灰里焰

小分

这块半黑半灰的蜂窝煤已经被李小分踢了一路，顺着人行道滚东滚西，停下来，又被迫前行。学校到家这段路不远不近，刚好适合走着。如果换算成随身听里的歌，许是两首或者三首的时间，换算成课文，差不多有几个自然段——大马路算是一段，行道树是里面的逗号，路口的红绿灯是句号；菜场小街是下一段，里面有三个叹号，分别是叫卖羊头的白帽子老伯，现宰活鸡摊子上扯着脖子尖叫的家禽，和永远嚷着跳楼价的南方皮鞋店。拐进岔路闷头走到底，绕过一座潦草的花坛，就是李小分住的教师新村了。拐弯之后，她会奋起一脚，把陪了她一路的蜂窝煤踢碎在墙上。没有完整燃烧却碎得彻底，像这样的命运，于蜂窝煤界其实并不少见。

在其他初中女生开始把自己打扮得干净出挑时，她不厌其烦地把鞋头踢脏，踢破，浑不在意地穿进校园，像几年前的陶心平，带着满身粉笔末子味，浑不在意地回到家里。

进了教师新村宿舍大门，李小分不再张狂着一张小脸，她面目谦恭，朝目所能及的每一位闲坐的长辈打招呼，迎接每一句包裹着善意让你无从拒绝的盘查。

“小分，你们要搬家了吧？爸爸这次挣到钱了哦？也算熬出头了！”

“小姨还在家里住着呢？最近她可是胖了啊？”

“在家住着也好，一家人嘛，你妈放心，将来大家也都踏实。”

“陶老师还好吧？上次去看她，插着管子，真受罪啊……”

奇妙的是，你若回答说“好点”，他们就不再感兴趣，你说“最近不好，下不来床”，对方倒要打听清楚些，桩桩件件都要你掰开了讲，有助于在你走后，发酵成故事的其他版本。好像他们能把自己的日子过下去，无非是靠着对别人生活的一点叹惋。

只有盼盼，永远少言寡语。盼盼和所有苏牧不一样，和所有狗都不一样。她也懂得等候、陪伴，也躺在你身旁，蜷缩成伴侣动物的常态，却不肯履行狗的本分。你扔球，她任球掉在旁边；你拿着食物做诱饵，她不为所动；你蹲下身子冲她拍拍膝盖，她缓缓走来，既不扑进怀里，也绝不亲昵地舔舐。她深沉的眼睛望着你，迎接你开门回家；你抱过她，她就与你长久地对视，交换一些平静的呼吸；没人陪她的时候，她人儿也似的望着窗外，乃至学会了叹息——这代替作揖钻圈成为她唯一掌握的技能。

小分深知盼盼并不愚笨，因此更加满心愧疚，觉得是她害了这只狗。

两年以前盼盼还是只奶狗，也还不叫盼盼，和宠物店其他奶狗一样待价而沽，却一直沽不出去。奶狗渐渐不是奶狗了，店主的价码低了又低。小分每天放学混在宠物店，知道这狗的兄弟姐妹相继被领走，剩下这只无非是长得小一些，虽有一样的血统证，但总被怀疑做了假，在小分看来，这只颀长的狗是这里最美丽的狗。比起去恳求陶心平把这只狗买下来，她更倾向于祈祷卖出去的是其他狗，隔着笼子摸着这个柔软的脑袋，想到终究有人要夺取这份快乐，李小分就忍不住在心里默演了种种破坏行为。她想过了，如果有必要，她会做一个对买家诋毁这只狗的小人。狗在漫长的等待中越发沉默，似乎发现了身价的与日俱减。某天小分忽然意识到，狗一定是盼着被领走的，一日日失望却一日日与她欢喜的脸孔相遇，不知是何种的折磨。在这场意念的较量中，她赢了，狗就输了。狗什么都知道，如今狗不爱她，或者爱得不彻底不甘愿，她要负主要责任。

可惜小分是在陶心平把盼盼抱回来的那天才意识到这些。她激动得几乎撞倒母亲，才发现陶心平身上干硬的手潮湿冰冷，眼中有不祥的笑意。不久之后，她对母亲也满怀愧疚，不过那当然出于另一个原因。

如今的陶心平没有粉笔味了，中西医结合的药味取代了家里的大部分气息，身子好的时候家人会给她放上小炕桌，她把枕头下的本子和笔拿出来，在上面写写画画。数学老师陶心平有一个绝技，她闭着眼也可以在黑板上随手画出准确的立体图形，再大的黑板也能绝不失手，这大概是她过于严肃的课堂上唯一的花絮。小分没有直接走进母亲的卧室，一间客厅之隔，另一个房间有淡淡的飘香。以前小分住这儿的时候，从没有这种香。

陶娜见到她，皱着眉头数落她没有先脱下脏鞋子就进来。陶娜努嘴，小分看到自己的另一双鞋已经被小姨刷干净晒在了窗台上。陶娜坐在床沿，垂着头叠衣服，泛黄的头发柔顺纤细，发尾开叉，像一束毛茸茸的芦苇。那些衣服跟小分全家的衣服从同一个洗衣机里洗出来，却散发着不该有的香气。她的头发，总会在李正海回来的那天被清洗梳理，散成好看的弧度，这个规律让小分最早察觉了那点不寻常。

李小分对此毫无敌意，跟父亲的志同道合让她更踏实了。谁会不喜欢陶娜呢？陶娜睡沙发的时候，客厅就变了模样；陶娜搬进次卧的时候，次卧就变了模样。她有着无穷无尽的巧思，“家”不足以形容她营造出的感觉，应该说她在哪，“闺阁”就在哪，即使她已经三十多岁，放之于哪个时代，也不是名正言顺的少女了。

李小分记得那天李正海终于当着全家跟她说：

“小姨照顾你妈快两年了，在客厅不是个事，让她睡你屋吧，以后我睡沙发，反正我也不是天天回来。”通往卧室的走廊原有个壁橱，李正海已给小分改造成了隔间。家里静了一会儿，提议的人脸上浮动着惭愧，好像自此明确了照顾病人的责任将长期归陶娜所有。面前的陶心平慢慢闭上眼，小分没转头，她知道陶娜眼中一定闪过了光芒。

李正海已经有计划搬家了，这是连邻居都听说的事，陶娜难道不知道吗？她一定知道。就算不久后就会搬家，小姨也带着空前的兴致，悄然装扮那块小小的地盘，遮掩着也张扬着，像是举行一场阶段性胜利的庆功会。“等不及了吧。”陶心平语带讥讽对女儿说。陶娜每天拉进新的，清掉旧的，陶心平清楚，自己将是最后一件被扔掉的东西。小分难以和母亲同仇敌忾，她知道这样于情于理都不应当，像对不起盼盼一样，她对陶心平同样愧疚而无计可施。

逢李正海回来的每一夜，小分都在壁橱后谨慎地听着，希望捕捉父亲从沙发上起身走进香软邻国的声响。她从被子里伸出手笼罩上方的灯泡，突如其来的温暖让她一个激灵，手指边缘透出血红的光。她没有窗了，耳朵便更灵了。她确定某个夜晚李正海走到过那扇门前，脚步就此停住，停得太久，她就睡着了。

“盼盼我给你喂了。”陶娜看小分一直愣神，出言打断，“去看看你妈。”她放好衣服走去厨房，在铝合金盆响了一下之后无声无息地择菜。两姐妹之间话越来越少了，陶娜刚来的那阵子不是这样的，她曾像急于储存冬粮的松鼠，精力过剩地寻找可以为姐姐做的事，闲下来便在床前握着陶心平的手垂泪，陶心平反要安慰她。那时候谁都夸陶老师有个好妹妹，不像现在，一个个打点起精神审视这位早逾嫁龄的女人，因为她体重的些许波动就生出揣测来。

而那间屋子里，陶心平一定正被那种越是刻意轻巧就越是无法忽略的存在声惊扰。她总说陶娜从小就拧不紧水龙头，被爸妈骂了那么多年也改不掉，此刻厨房里就这样滴滴答答。小分可以想象陶心平躺在床上忍受着，这声音说明外面的世界已经被陶娜主宰。是的，除了她躺着不能动的那间屋，所有地方都是外面的世界。小分忘了最初是谁提出让陶娜住下来，想必母亲也记不清了。似乎等所有人反应过来，陶娜已成了主人，成了李正海进门第一个说话的人，出门前最后告别的人。而陶心平听到丈夫回家时的一点期待在他与陶娜交谈过后都变成痛恶。所有人都在赞美他的忠诚，赞美她的福气，仿佛福气不是她没有病倒在这里，而是她屎尿横流之前那个消失两年的丈夫奇迹般地回到了她身边，从此鞍前马后，无怨无悔。“小李还那么年轻，不容易。”谁都知道年轻和不容易产生的联系是什么。小分也是很多年之后才理解了这样的母亲，如果有什么比疾病带来的病痛更可恨，一定是疾病带来的耻辱感。

陶心平

巩校长自作主张，把陶心平排在最后一节的课挪开，让她有时间接还在上小学的女儿回家，被陶心平直接拒绝。“没几步路，她爸不在了，又不是她腿不在了。”巩校长下不来台，这话如果是别人说的，你还可以冷却两秒判断是不是玩笑，既然是陶老师说的，大可省略这个步骤，直接没入尴尬。

巩校长是个念旧情的人。陶心平学校里没有人不认识李争海，用巩校长的话说，小李“有路子，有脑子，有胆子”。每年学校搞活动都有用得着李争海的地方，要车他能弄来车，要场地他能弄来场地，奖品实惠体面，发票明明白白，账目算得不输于陶心平办公室的任何一位数学老师。这样一个人怎么会听信合伙人的哄骗借上高利贷，任谁也想不通。

工人散了，一车一车的纸被争相拉走，谁抢到就是谁的。与此同时李争海的造纸厂被人举报污染环境，卖了全部资产才刚够罚款。陶心平坐在沙发上，李争海欠身坐在对面的茶几上，在这场叙述中，他一直称兄道弟的合伙人终于成了“王八羔子”。

她接受了李争海的权宜之计，在事情没有更坏之前结束婚姻关系。这债眼看是还不上了，千万不能让那帮流氓打这房子的主意。只要他们离了婚，想来没人敢在教师宿舍撒野。李争海说得飞快，显然已经盘算了好几遍，中间还把梦游的小分重新抱回床上。天一亮，两人就去办了手续，李争海斜挎着一只包，在民政局门口与她各奔东西。

没多久讨债的人三三两两上门，恐吓的有之，要无赖的也不少，陶心平家门口日日有鬼哭狼嚎的景观。“李争海还钱！”被扩音喇叭从夜空中一声声递到窗前。躲不过了，陶心平就客客气气地展开她的离婚证邀请对方观看，带头把不见人影的李争海骂个狗血淋头。后来她干脆用宽胶带把离婚证贴在了门上，在年关将近的一众福字中刺目鲜明。

没有李争海的第一个大年初一，家门被泼了血红的油漆，陶心平就势把门刷成了红色，离婚证被刷在了漆里，像一块要掉不掉的血痂子。她的神经质暂时唬住了要债的人，“红门”成了女儿的新绰号。红门小分的个子随了她，一寸一寸高起来，长高一寸，似乎就离她远一寸。

唯一让陶心平觉得不安的是，女儿从来没问过爸爸去哪了。她每天听十遍“李争海躲哪了”，自己却从不好奇，这无论如何不合常理。小分一直跟爸爸近些，以至于陶心平原本是想逮个机会，等女儿为李争海说好话的时候借机向她发个火。可小分就像没事人一样，考一些忽而六十分忽而九十分的卷子惹人生气，又飞快地认错，继而沉默如谜。陶心平敲着总是疲惫的双腿，在客厅里一坐一夜。奇怪的是自李争海走了之后，小分的梦游不治而愈了。

陶心平的脚穿不进任何一双鞋了，才再次去了医院，糖尿病。拿回检验报告那天，她从医院直接去了宠物店。宠物店老板上前招呼，陶心平忽然发现自己说不上任何狗的品种，只好形容了女儿的样子。“就是她每天来看的那条，老卖不掉的。”

“起个名吧。”陶心平说。

小分接了狗欢喜得不行，她越高兴，陶心平心里越是不舒服，这孩子这么爱狗，为什么就是不肯试着问她要呢?

“叫盼盼。”

“我以为你能想出更好的名字。”

“我能。”小分给狗搭了一个窝，“但是我想叫她盼盼。”她抬眼望着陶心平：“要是我早说要这个狗，你会给我买吗？”

“买啊，只要你好好说。”陶心平知道自己，她不会的。

李争海回家那晚，陶心平又是一夜没睡着。而李争海怕扰了娘俩睡觉，在门口站了半夜。他徒手抠出了难以辨认的离婚证。一大早，小分开门了，李争海脖子上戴着一个颈椎牵引器，伸臂夹起女儿，大踏步走进屋去说：“复婚吧。还上钱了。”陶心平无声地掀开盖住肿烂双脚的毯子，仿佛变了一个失败的魔术，鸽子死在了帽子里。

她的身体得到错误的暗示，并发症纷至沓来，她的肾脏，她的皮肤，她受尽委屈的每一根血管和神经爆发出漫长的痛哭。本应该措手不及的李争海像是掰成了几个人，用几乎不可能的精力照顾她和女儿，还腾出手开起一间打字复印店，好像他躲着的那两年都没有活着，攒着力气一股脑用在了现在。

陶心平刚请假的时候还惦记着谁去代课，转眼间，学校里再没有认识她的学生，除非以后小分能考进去。小分模仿父亲的字迹在试卷上签了名，试卷的成绩并不差，陶心平看了，装着闲聊，说起李争海还上钱的内情。

从前小分没怎么回过老家，只知道她的伯父和姑姑们当年各自下乡，李争海年纪最小，本可以留在父母身边，偏偏他越走越远。哥哥姐姐一个个艰难回城，打了很多年的官司，要回了小分奶奶家被收缴的老洋房。李争海这样一个连父亲葬礼都没参加的人回来讨要遗产，没理由不被拒绝。他们堵在门口，不许李争海踏入老宅，李争海骑在摩托上，加足了油门，照着老宅的墙撞过去。他被抛起来，下半身朝上翻去，那群人跑近了，李争海头朝下，时隔多年重新看清了哥哥姐姐的脸，他的血终于留在了那些暗黄的花砖中。

耍泥腿并不鲜见，这招对付李争海没用，对付他文质彬彬的亲人却足够了。李争海再也没骑过摩托，他拿着自己那份钱回到北方，断绝了满门血亲。“你爸把名字也改了，现在叫李正海，他说了，人争不过海。”李正海把坏运气归结到名字口气太大，改成一个在他看来不再有侵犯性的字眼。陶心平讲完，小分也终于明白了母亲拐弯抹角的用意，从她手中抽走卷子，摔上了门。陶心平喘着粗气想，揭穿了这个小把戏，小分大概更加不愿意陪她了。没人愿意陪她，怨怼和依恋交替支撑着她，等着唯一不变的李正海回到她的床前。陶心平猜想，如果没有李正海留下的磨难，她根本不会得病，可这样的假设永远无法证明，她被迫成为受惠者，他们被迫成为一个典范，患难与共的典范。

这家人的崩溃还是来了，比她想象得要晚。李正海在日后说了很多遍，那天他是准备开煤气的，如果他们两口子死，不能把孩子孤零零地留在世上。当然这很多遍都没有当着小分说，也许这只是李正海感激陶娜的一种夸张说辞。“妹妹，你是救命的。”陶心平听到这句话短暂地惊心，小时候爸爸对刚出生不久的陶娜也说过这句话，彼时陶心平的妈妈已经夭折了两个襁褓中的孩子，再也不能担负悲伤，陶娜发出洪亮的哭声，比她余生任何时刻都要大声，让陶爸爸如释重负，如获至宝。

陶心平屋里病重的气味一点点消减，每个人在陶娜的照护下都缓过气，见了光。陶娜在这里不是一个幼师毕业从未工作的老姑娘，不是一个父亲去世后被继母和继兄侵占遗产的无能孤女，她是神。

神睡在了她家的沙发。

神成了女儿最崇拜的朋友。

神把暗沉的窗帘换成了碎花，厨房墙上糊的报纸换成了光洁的瓷砖，沙发背上盖着的破毛巾被也换成了松软的靠枕，即使这些事让她工作量倍增。一切都好起来了。他们都说。陶心平不明白，这“一切”包括什么呢？如果她的“好”只是勉强坐起身，别人的好就显得过于好了。李正海的精神百倍，陶娜的得心应手，都像是对面车道开着远光的车辆一般毫无公德。李正海被她的不近情理逼急了，问她到底想要怎样，她也无法作答，唯有喝令他搬离她令人难堪的身子。的确，畸形的脚掌，自溃烂中渗出的液体，被压住会回流的尿袋，实在不值得分享。陶心平看着李正海眼中的怒火冷却下去，看着他转身出去，太阳穴忽然擂鼓一样大跳，她无法开口叫住他，向他解释她只是推远他，可全然不想让他离开。李正海若无其事地叫进小分和陶娜，让小分腾出房间，给陶娜住。陶心平心里一阵踏实，明白他不会走了，他还在挑衅她，就不会离开她。陶心平想笑，只好闭上了眼。

一夜又一夜的窸窸窣窣，陶娜的屋子布置好了，李正海拎了羊肉片回来给她庆祝，两人就在客厅里涮起了火锅，一个有心高了声，一个刻意低了声。陶心平的无所谓，被腥膻湿润的空气溶解了。此时她大可服软，示弱，给他任意一个台阶让他回到她身边，可她恰恰被激起了一种躺在床上的人最不配拥有的斗志。

药还是那些药，病还是那种病，陶心平撑过大限，又活出好几年。李正海成了小有名气的礼盒制作商，陶娜软黄的头发褪出参差的白，只要看着妹妹脸上的隐忍，陶心平就不会意兴阑珊，她在一天，就是一夫当关。

小分已经读到高中，就在陶心平教过书的教室上课，不知情的老师见到来开家长会的陶娜，还会夸李小分妈妈真年轻。巩校长的妻子来看望陶心平时，字斟句酌地说着这些，不知眼前光景是基于隐瞒还是三人已有协约。陶心平没听懂似的笑笑，她知道陶娜和李正海没有任何事落在明处，她还远远算不上受害者。她也知道陶娜在等，等她耗尽，等她自动退出在生活的尽头，然后勉为其难，黄袍加身，成为却之不恭的继任女主人。

陶心平穿着李正海和陶娜为她买回来的新衣服，自己挪上了轮椅。前几年市里不让放鞭炮，春节显得鬼鬼祟祟，今年说是可以放到正月十五，外头一响，屋里的人也跟着精神。

那三人凑在厨房里忙活，听不清在商量什么，爆发出一阵笑声，平凡得像是任何一个家庭的笑声。陶心平的轮椅停在她客厅的中央，陌生的、喜气洋洋的客厅。这个家太好了，好丈夫，好女儿，好妹妹，陶心平的手抚过巧克力包装纸亮金色的褶皱，突然由衷地意识到，如果他们迫不及待要忘记她带来的苦难，她将毫无异议。这些不属于她的烟酒糖茶，理应有人好好享用。

小分一脸笑从厨房出来，看见陶心平愣了一下，她举着手里的垃圾袋说："小姨真逗，提前买这么多水果，都放坏了。"她把袋子扔到门外，回来推陶心平："怎么自己起来了呢？药打了吗？"

李正海也从厨房出来，露出和小分同样的惊讶。每个人见到她，都一脸的如梦初醒。

“叫娜娜出来吧，菜够多了。”

李正海点点头，又钻回厨房，转述了不止一遍。

饭吃到一半陶心平提议拍张全家福，李正海答应得痛快，看她的眼神却加了小心。

陶心平面目慈和，把相机递到陶娜手上。陶娜怔着，节庆的光在她眼中隐去。

李正海俯身，手搭在她的肩膀，女儿依偎在身前，陶心平在与妹妹的对视中绽放笑容。

“垃圾袋不是扔出去了吗，怎么一股烂苹果味？”这是陶心平昏迷前，听到小分说的最后一句话，她顺着小分的目光往外看去，身子已经不听使唤。在医院过完年之后，陶心平才知道，散发烂苹果味的正是她本身。

她藏在新衣服口袋里故意没打的胰岛素，肯定已经被发现了，只是谁都没有问过她。陶心平只记得她被推出来的时候李正海正在哭，她猛地睁眼，陶娜后退了两步。

春节后，陶娜搬走了。距离她芦苇一样的头发第一次舒展在李家的沙发上，过去了六年。

陶娜

陶娜离婚了，听说前夫去把介绍人好一顿埋怨。

她回到父亲留给继母的房子小住了几天，已经有传言说她和亲姐夫不清不楚，跟谁也过不到一块儿。继母的儿媳妇在陶娜离婚后半个月内给她介绍了三个对象，被陶娜拒绝，便摆出一副“我就知道”的表情，好像凿实了天大的铁案。

陶娜拎着一保温桶的糖醋小肋排，在陶心平楼下仰头确认楼号，他们搬家后，她一直没有来过。这次小分从大学放假，陶娜本来跟她约了在新街口见，没两天小分跑去割了双眼皮，肿着眼不愿出门，非要小姨上家来找她。陶心平的事小分一直都说，说她前几年能下地走了，只是跛了一条腿，不知怎么又不行了，重新躺回了床上，换了新的药。高考的时候小分想填本地的大学，陶心平死都不肯，在家盯着她填了北京的学校，又打电话请巩校长盯着，生怕小分主意大，到学校就瞎改回来。

上了大学的小分话多了，看样子有了不少朋友，来不及跟陶娜说几句就要接起一个电话，重新讲述她双眼皮的恢复进度。

陶心平靠着几个枕头半躺着，其中一个眼看就掉下床了。陶娜走进去，这幅场景带她回到决定照顾姐姐的那天，陶心平也是这样，靠着摇摇欲坠的枕头，只是那时候，床边还跪着一个男人的背影。李正海转过头，血红的眼睛滚出泪水："妹妹，你是救命的。"

仅是想到，陶娜的胸口就又是一震，两腮也酸涩起来。

而今陶心平的新家又是陶心平的样子了。

"你又肯来了？"

"有用得着我的地方我就来。"

陶娜听得出这是指控她不愿见到陶心平好转，只会在其越发病重的时候前来蹲守。她不愿争辩，因为她只要开口必然诚实，只要诚实她就难以否认那个隐秘的愿望。

“租个房子吧，我给你钱，别跟他们住了，生闲气。”继母的儿子和媳妇不好相处，陶心平也知道。

陶娜点头：“找到工作就搬。”又摇头：“哪能要你的钱。”

“什么工作？”

“看孩子。”

“你不是不喜欢小孩吗？”当初陶娜就是因为这个才没去当幼儿园老师。

“也不是不喜欢……”陶娜沉默了一会儿，“这个年纪了，还挑什么。”

“要是还年轻，你挑吗？挑和等，哪个省事？”

陶娜感到陶心平衰败的气息，才注意到她的眼睛比以前更浑浊了，她凑近的脸变得咄咄逼人。“你凭什么这么看着我，我干什么了？我什么坏事都没做。你明明知道！”

陶娜想说的话一阵阵翻涌，她只是在等一件早晚会发生的事，只是个排队的人，规矩是应该在一米线之外等候，她就在一米线之外等着。仅此而已。而陶心平应该是这世上最不该责备她的人。

“你知道秃鹫吗？”陶心平转过头笑了，“咱爸年轻的时候在草原上见过。他有个战友，被狼咬了，狼被赶跑的时候那人窝在血坑里还剩一口气。大家忙着找大夫，牵牲口，咱爸抱来一卷布，不知道从哪包扎是好，他看见一只秃鹫就守在旁边，直愣愣地跟战友对眼，那个眼神爸一辈子都没忘。别人盼着战友活，只有秃鹫，是等着他死。后来都说那个小伙子是血流干了死的，爸知道，他是吓死的。”

陶心平停了一会儿：“它也什么坏事都没做，它就是秃鹫啊。”

陶娜的身子轻轻颤抖，谁的痛苦都能说，只有她陶娜的，见不得人又任人猜测。这两个人明明在她到来之前就已经不是夫妻，明明她对这个家比所有人都要热爱，却永远是阖家欢乐时举相机的那个。她连抱怨都站不住脚，更不可能责怪姐姐没有及时而识趣地死去。她不是不能往前走，撕下一张脸皮就能解决的问题，根本不算大问题。有些事她没做，不代表她做不了，可眼前这个她曾经为之流泪的面孔，不打算承认。

“别胡思乱想，对身体不好。”陶娜涩着声音起身。

“我知道你去年联系过李正海。说你家进了老鼠，对象出差不在家，你害怕。”

陶娜身子一冷，在即将走出房门时听到陶心平的话。她当然记得她联系过李正海，她等到半夜，在暴雨里推开窗户往外看，往天上看，意图抓住哪位神明来对质。事后丈夫带回来一包老鼠药，说是前几天李正海送到他单位的。

很长一段时间陶娜都告诉自己，李正海是因为下雨没来，但没有勇气故技重施。陶娜转头看着似笑非笑的陶心平，那神情跟她除夕病危时如出一辙。那一天陶娜曾经与幸福无限接近，她备着年菜，李正海站在旁边，徒手从锅里捞出一块排骨，给小分和陶娜一人喂了一口，烫得直跺脚。

李正海当然没给过她任何承诺，没有人给过她盼头，但那“盼头”曾经是明摆的。可如今陶心平试图告诉她那些都是幻觉，陶娜只得细细思量，他到底有没有引领过她。

李正海进门就坐在她已经铺开被褥的沙发，只是熟络后的不拘小节，怪她自己刚洗了头，湿漉漉的头皮才会跟着他裹挟着的风雪发麻。

李正海在雾气迷蒙的窗玻璃上为她写上“早餐”，画一个箭头和鬼脸，只是他天性逗趣，怪她自己的心软，轻轻易易跟着水汽化了一地。

李正海说我们小分可怜啊，前几年没有爸爸，后几年说不定又没有妈妈了，只是有感而发，怪她自己对号入座。

他没有一个把柄，代表着别有用心。

小分大喊着小姨，叫陶娜帮她再盛碗饭。陶娜奔也似的逃出陶心平的房间。

小分眼肿着，胃口却好，滔滔不绝地说着陶娜不可能感兴趣的事。盼盼趴在小分脚边，已经老了，你给她食物，她礼貌性地摇摇尾巴，几乎不吃。

小分的房间还是孩子气，陶娜在一堆毛绒玩具里发现了她们一起抓的娃娃。那天小分站在抓娃娃机器前怎么都不肯动手，陶娜问她为什么不肯抓，小分说自己从来不抓，因为害怕。

“怕什么？”

“怕抓不到。”

“那你这个人，真是没什么意思啊。”

陶娜笑了，她记得自己站在机器前一个一个投进硬币，最终花了八十几块钱，给小分带回了这只黄茸茸的小鸡，两只塑料眼珠在眼眶里能转半圈。

“多少年了，以为你早不要了呢。”

“我爸喜欢，让留着。”

陶娜的手覆上小鸡的眼睛，她不需要别人相信，也不再等谁解释。属于她的惊心动魄，在蛋黄色的绒毛上尘埃落定。

小分

小分回国签字，把李正海和陶心平安排进养老院，她这次只能回来待一个星期。李正海跟小分絮叨了好几遍，告诉她办理两人入院如何比一个人划算，每次说都保持着第一次说的热情。他变活跃了，也跟她疏远了，他没有问起发生在女儿身上的任何变化。拿到入院许可，李正海像收到了毕业证书，立刻报了院里的旅游团，出游去了。陶心平开始出现脑萎缩，能不能适应养老院的生活尚需观察，小分本就对他们搬进养老院有所不安，如今更不知该不该理解父亲的这份迫不及待，反正事情从不被她的理解与否左右。小分担心谈起李正海的出游让陶心平难受，没想到她只是点头说，出去玩是好事，早该出去玩，一如几年前她说出国上学是好事，早该出去读。陶心平说给小分请了翡翠连环扣在家里，让她来回坐飞机时戴着，保平安。陶心平坐在阳光里，被一滴滴注入的药水滋养着，空前地温柔，似乎对于幸与不幸，都无所期待而有所准备。

小分没问她什么时候开始信这些了，依言回家去找。东西并不在陶心平说的地方，小分还是找到了，还发现了陶心平在床上写写画画的笔记本，封皮里夹着从宠物店购买盼盼的收据。

厚重的本子里没有一个字，全是立体几何图形，开始还画得简单，越往后越惊人地复杂——正方体里有锥，锥里有球，球里又是圆柱……如同一个个层层叠叠永不贯通的宇宙，坚决完美，秩序井然，病榻上的陶心平独自一人，闭着眼睛，就这样与自己对谈。她想过些什么呢？小分放回了本子，心被一下下撞着，或许等陶心平彻底丧失了记忆，她才会有勇气再次钻进母亲的怀里。

回程的飞机上小分很快睡着了。她梦见自己又踢着一个蜂窝煤，一路往家走，走着走着她变成了李正海，在摩托车上加足油门朝一面从没见过的高墙冲去，那具身体像蜂窝煤一样碎在墙上，满目烟尘，不见一个火星。

飞机下面是大片笔直高耸的铁杉，小分小时候没见过这种树。教师新村的院子里只有些落叶梧桐，每当叶子落尽，便仅剩干瘦的枝干，它们旁逸斜出，变幻莫测。那时候她还住原来的卧室，枝杈伸展在她的窗外，像一片横亘整个冬季的闪电。

倒春寒

儿子攥着不锈钢勺，能自己把饭吃了，站在床边的侯泰山鼻头发酸。上次他为此激动还是四十年前，侯承义两岁的某天。老侯用沾了饭汤的擦嘴布揩揩眼角说："这就快好了，快好了。"

侯承义不响。"快好了"吗？他的生活中从没有这样的事。侯承义倒是恨不得自己这条胳膊不能用了，这样就不用回到炒货店了。侯泰山有多爱这家店，侯承义就有多恨这家店，一家炒货店嘛，平平无奇，所承载的情感总和也该守恒。

都说现在的城市几年一变样，可槐树街像被贴了符咒，愣是绕过了所有的旧城改造计划，破破地留在离市中心不远的地方。围墙上粉刷多年的"只生一个好"被不知道什么人添了一横，变成"只生二个好"。老侯脚步轻快地走过，想起小时候给儿子讲的民间故事，地主家的傻儿子学完"一、二、三"就以为自己学通了天下数字，没想到第一封帖子就要下给姓万的先生，傻儿子画了大半日，才画到五百杠，还埋怨人家姓得麻烦咧。可惜小承义随妈，不爱笑。

侯承义重新站在炒锅前，看侯泰山从柜底揪出一小条年前买下的鞭炮，忙忙地铺在路边点了。还没等他一路小跑着回来，淋漓不尽的响声已经停息。老侯抄起早准备好的扫帚簸箕，用一种多余的谨慎急急把碎屑扫起来。其实哪有人好意思为这种小事说他，整条街上的保安保洁、城管物业，有谁走过路过不被老侯塞一把炒货呢？真有多管闲事的，恐怕有十个人要扑上来拦着："算了算了算了，老侯不容易！"

侯承义最讨厌的就是这份不容易，他想活得容易点，挣钱容易点，发火也容易点。一个店三十多年来一直不成气候，重新开业就别放鞭炮了，就像一个男的活到四十多岁还是个窝囊废，当爹的就理应放弃所有希望。

况且他知道那些恭喜他康复的人八成都在心里偷笑：胳膊腿好了又能怎样，重要的地方还不是不行。

瓜子店隔壁是张慧能两口子的毛巾店。能记住张慧能老公姓什么的人寥寥无几，非要提起他的时候一般称他为"毛巾家那个酒晕子"。张慧能，在街上曾用名慧儿，后为慧儿姨，不知道是不是因为她老拿着挑毛巾的棍指指戳戳，现用名变成了棍儿姨，不光晚辈叫，同辈也跟着混叫。棍儿姨能最早掌握下周的天气、即将颁布的养老金政策和菜场上哪个小贩缺斤短两，却总找不到她四处骗酒的男人。她的店门口挂着“毛巾厂厂家直销”的招牌，在毛巾厂倒闭多年后仍没有改名。偶尔有人问起：“毛巾厂不是没了吗？”张慧能便答：“可不呗，倒闭好几年了，散伙了。”对方跟着唏嘘两句，付钱离开，没人理会其中的不合逻辑，日新月异的毛巾仍是直销着。时兴用手机付款之后，她头一个张贴出二维码，“慧能”两个黑体字质朴端方，不知情的看了，八成以为遇到了远程化缘。

张慧能在侯承义进屋前抓了把他的胳膊，壮是壮的，但又有种将养多日的稀软，她冷不丁踢了他的膝窝，见侯承义一歪，赶紧用身子顶住，捞他起来：“那个娘们，真能下死手！”

娘们是指他的前妻高俊美，前省体操队运动员，当年侯承义和她相亲之前，仇晓就曾为这个设定兴奋不已。“体操运动员！一身软骨头！想抬腿抬腿！想弯腰弯腰！侯子你有福了。”仇晓的话当然很有说服力，不但因为他是侯承义辍学后唯一没断联系的同学，更因为他身边从来少不了花花绿绿的异性。

高俊美其人，面目身形如下：厚眼皮长眼睛，鼻直口阔，兴许有一米五，兴许没有，因为突然停止高强度训练而迅速发福，显得比实际更矮些，仿佛在用尽浑身解数嘲笑那些对她的名字望文生义的人。她过了出成绩的年龄，带了一套省队分的两室一厅，和没能农转非的户口，与侯承义成了两口子。

彼时侯承义二十四岁，幼年丧母，初中肄业，做炒货的手艺天生比他爸强许多，对生活的兴致却没有他爸的一成。娶到一位不甚满意的妻子怪不得仇晓，仇晓说了："我是建议你去相亲，可没建议你结婚啊。"

侯承义谁也没怪，因为高俊美当时确实打动他了，他领她进门，"请坐"还没出口，她一跃坐上窗台，环视一圈，又蔑视着他说："门牙有豁子的人将来肯定要离婚的，一般女的不敢跟你过吧？"她伸出舌尖舔着上牙，继而嘎嘎大笑，粗壮的小腿悬空摆动，身旁的挂历上山河壮丽。

侯承义没跟她说豁牙是嗑瓜子嗑的，不是天生的。要是说了，再上哪儿找让他豁出去的契机呢？张慧能耗时良久，才从侯承义那里套问出这点料，鄙视之情溢于言表。她年轻时候可是有人为她死了活了的，现在看起来涎皮赖脸的那个丈夫，正是杀出重围的胜利者，喜获垂青的幸运儿。

侯承义和高俊美闪婚之后开始了十几年的磨合期。在旷日持久地托人、咒骂、再托人之后，高俊美正式成为城市的一员，随后错失了一辈子都挣不到的征地补偿。侯承义在她的催促和怨怼中从不辩解，甚至同情至极。他不认为有什么好事会降临到自己身上，因此毫无期待，可高俊美侯泰山这些人不同，他们大概要过完这辈子，才肯确信的确不会有好事降临。你说，这还不值得同情吗？

高俊美终究离开了他，又害得他卧床几个月。或许这两件事的顺序应该反过来说，或许不说也罢。反正侯承义又要工作了，无非瓜子花生，蚕豆板栗，无非甘草奶油，盐霜糖皮。侯泰山建议增加瓜子的口味，做做广告，说不定能干成有名有姓的小吃，侯承义一口否决，维持现状最好了，闭着眼睛就能炒，闭着眼睛就能卖。要他说，能挣多少是多少，俩老爷们过日子，花不穷，攒不富，不至于整天合纵连横的。兢兢业业这些年，不过就是让这家店成了一个视而不见的地标，“走到第二个路口看见侯记瓜子左拐／右拐”，是他们存在的最大意义。

侯泰山又兴兴头头出门了，他准备了礼物给复工的儿子，如今等不及人家送来，急着自己去拿。张慧能一扭身，用胯碰碰侯承义：“猜猜你好爸爸买什么礼物了？”侯承义被这一下碰得屏住气，半晌才松下来，说：“猜猜你男人上谁家要酒了吧。”张慧能脸一黑：“你就不会说个人话。”她把手里的盐霜瓜子撒到锅里，侯承义只能一个个捡出来。侯承义很清楚自己不该那么说，像他很清楚张慧能在他病床前滴着眼泪打开烫口的鸡汤不仅仅出于邻里一场一样清楚，该往前一步还是往后一步，他不想琢磨。

与不识趣的儿子不同，侯泰山这个人太会笑了，看着他你也忍不住跟着笑的那种笑。介绍他续弦的人没断过，可是侯承义的印象中，妈没了家里就没来过女的。“儿子还小我先不找”，“儿子还没结婚我怎么能找”，“儿子都离婚了我一个老头子还结啥婚”——儿子的近况是他用了一辈子的借口。那副笑模样只对侯承义没用，他不领情。

一家三口最后的合影是侯泰山揽着侯承义站在崭新的瓜子店门口，他们脚边那片砖地上，垂着侯承义妈妈的影子。侯承义看着端着相机退后找角度的妈妈飞起在马路上，快门就在她生命倒数第二秒的时刻被按下。

侯承义在没了妈之后几年都没长个子，开始没人发现，后来谁见了都催侯泰山带他去医院看看。侯泰山认真听着，答应着，恭恭敬敬记下那些专治疑难杂症的专家的名字，一次都没带侯承义去看过。他坚信儿子不过是没了妈，吃得差了，营养跟不上，会好的，“顺其自然，自然就顺了”。

那年街上的音像店还颇有生意，附近的电影发烧友有一个是一个，都要来淘碟。来自南方的女店主跟着发起烧，继而久病成医，推荐起电影来已经是半个文艺青年，越是拗口的名字，越是倒背如流，于是乎更多的人慕名而来，她也俨然当自己成了槐树街林徽因。

常客里，五十六中的学生老师都不少，只不过学生在门外瞥见老师在，绝不进门就是了。这天圆眼镜老师已在此盘桓良久，一张张看碟片背面的剧情介绍，既不走，也不问，几拨学生都在玻璃门处转身走了。女店主丢了生意，又无所事事，从收银台里探出半个身去，跟圆眼镜老师说起一桩趣事：

“你们有个学生哦，还没有我这个柜台高，在这叽叽咕咕半天，鼓起小嘴问我：‘阿姨，我要买花碟子。’把我笑得嘞！长得小学生兮兮的，胡子嘛没一根，胆子倒是大，难怪不长个子哦。”

圆眼镜老师脸憋得通红说：“你店里还有那样的碟子！我都没有想到！”

女店主倒无言以对了，就像“美女居然也放屁？”这种问题，答案不言而喻，否认固然没有必要，要开口承认也确是难事。

后来有人说，圆眼镜老师那天也奔着买那样的碟去的，只是学生来来往往，一直没来得及开口。然而在花碟子事件中沦为笑柄的必然是五十六中的侯承义同学，他的九年义务教育因此终结在第八年。奇怪的是退学之后他迅速长得比柜台高，比卖碟的阿姨高，比本地男性平均身高还要高。可是到瓜子店来找他玩的同学，只剩下仇晓一个人。

在此之前，店里不要钱的零食能召唤来一波又一波孩子，每一个都能在侯泰山的热情中满载而归。侯泰山会嘱咐他们多跟侯承义玩，家里来客了记得到这儿来买瓜子。侯承义很清楚，他们的口袋只放零食，旁的话一句也装不进去。

不学无术的仇晓，因为对侯承义的不离不弃，成为侯泰山眼中的好孩子。该好孩子最喜欢做的事就是抓过过往男士的手，使劲叉开大拇指和食指跟人比长短，继而得意地解释这个长度和他们身上重要器官的正相关性。

仇晓比侯承义多上了有限的几年学，跟着些什么人混迹在工地，做点不能算是工作的工作，挣点来路不明的钱。他早就有钱买车了，还天天骑那台摩托，说开车耽误他的雄激素分泌。

仇晓放弃培养侯承义前带他出去玩过几次，约上姑娘看电影，比影票还贵的爆米花仇晓一定要买一桶。侯承义却想着看电影就看电影，要吃零食，在家看电视多好，还能跷脚呢。

仇晓觉得他不开窍，存心点拨，问他知不知道为什么这桶爆米花一定要买。

为了找机会摸女孩的手呗，侯承义并不傻，却只知其一不知其二。

仇晓比侯承义想象的极限更加大胆，他说起曾经在影院忽明忽暗的人群中经历过如何惊险的刺激，而爆米花桶就是他的功臣。具体怎样他没有仔细讲，也许他仔细讲了，侯承义没有仔细听。仇晓弄不明白，毛没长齐就敢去问成年女子买黄盘的人，怎么长大了这么怯场。

侯承义也弄不明白，难道都怪圆眼镜不成？那可不太公平了。

侯承义见到高俊美和仇晓在床上的时候，产生的第一个念头，是不和谐。仇晓的女人来来去去，他见了不少，高俊美何德何能，竟能成为其中一位呢？唯一可敬的是她的小腿仍像当年一样结实有力，每一次挥动都触目惊心。

侯承义退出门去，坐在门口仇晓的破摩托旁边。摩托车似乎还温着，散发出燃烧过后的汽油味，昭示着主人离去不久。侯承义摸着摩托车，这要是一匹老马，现在应该刚喘匀一口气，还没来得及吃草。车挺高，侯承义比量了一下，怕一下跨不上去把车歪了，闹出动静，就不好了。

侯承义总结出了经验，要是那车停在他家门口，还有余温，就再出去多转会儿。手搭在车上，车用温度回应，如同自古以来都是这样的规矩。有时候他不知道去哪，就走回槐树街，径直走进张慧能的店里。张慧能的店里有张弹簧床，有圈椅，他都不坐，一定坐在毛巾堆里，缓慢地陷下去，最终稳固成一个随机的姿态。

毛巾店的门面房呈长条状，门口最亮，往里走，由亮到暗，在毛巾中穿过，又由暗到亮。除了坐卧的地方，里头还有一张小茶桌和放了微波炉的矮柜，这是生意清淡的时候张慧能休息的地方，是毛巾家的酒晕子看店的时候，摸出酒瓶把自己闷倒的地方。侯承义记得第一次走进去是因为手套破了，张慧能说屋里有线，给他缝缝，利索。他跟着张慧能进来，低头看着她缝纫，逼仄的空间有高浓度的酒精味，令人眩晕。他猜那是张慧能又发现了丈夫藏的酒，两人抢来抢去，酒就洒到了毛巾堆里。其实也不算猜的，前一天黄昏时分，他听见张慧能挥着挑毛巾的棍儿把她笑眯眯的男人撵出去老远，也看见今天出摊的时候，人行道护栏上晾了一排洗干净但不再全新的毛巾，用塑料夹子夹着张写了“处理”的纸片。张慧能缝着手套跟他说：“你爸该早给你找个妈。”侯承义问：“要找也是给他自己找个媳妇，怎么能是给我找妈呢？”张慧能咬断棉线，呸掉嘴里的线头说：“一回事。”侯承义心里说不是，但也不想争执。他放下侯泰山要他带来的炒花生说：“棍儿姨，这批花生进得不好，要是掂了是空的，就别捏开了，开了也是苦的。”

她那个男人，狡猾猥琐，言而无信，为一口酒屡屡把张慧能逼到绝处。张慧能怒吼的时候，他不硬气，崩溃的时候，他不服软，一旦到了她放弃的关头，他才开始适时而精彩的表演。整条街上的人都看见过，张慧能丢下棍儿坐在地上哭的那天，他从路口回转，蹲下，把她灰色的脸亲成红色，把棍儿塞回她的手里，踩着酒瓶的碎片，把她扛上肩头，得胜一般经过每一间店铺；也都看见过她遇到难缠客人的那天，男人踉跄的步子忽然矫健，眼里精光四射，顿时又成了叱咤全街的帅小子。张慧能抓住光芒万丈的旧日，像溺水的人被托起来大口呼吸，如蒙大赦，养精蓄锐，等待下一次轮回。

躺在毛巾里的侯承义不用说话，看着张慧能看她手机里的电视剧，半杯茶叶在双层玻璃杯里浸出浓汤。永远有演不完的电视剧占据着她的视线，可如果他假装睡着，张慧能会瞬间扯过最厚实的浴巾，呼地扬起，让它准确降落在他的身上，覆盖上鲜艳旗帜的侯承义就势睡去，不知今夕何夕。

偶尔仇晓还去瓜子店坐坐，侯承义观察着，期待着，想瞧出哪天他会流露出一点异常，愧疚也行，嘲讽也行，慌张也行，有点不一样就行。仇晓对他的态度一如既往，没有更轻佻，也没有更慎重，侯承义每次见他，心跳都比上次更快了点。

“我下午去做头发了，做了三个小时，就没去店里。”高俊美穿梭在厨房和饭厅。

侯承义闻见了，烫染的药水味混合着饭菜味，跟着高俊美穿梭在厨房和饭厅。

“又少一个客户。对面棋牌室变成鱼馆了，他们说不用瓜子。”侯承义说。

“你看我脖子后面那块是不是没烫好，明天我还得去找他们一趟。”

“槐树街上开鱼馆，生意好才是怪了。”

“让你看也白搭，你都管什么啊？水槽坏多少天了，不能修了它？天天用盆舀着往外倒，是过日子的样吗？合着你是不进厨房！”

“换一家也好，去那个棋牌室的不是什么好人，上次说吃花生吃坏肚子让我们赔钱那个，就是在他家打牌打输了的，最后赔给他五百。”

“你要是从此不吃饭也可以不修！又不是给我修的。”

“谁能证明是吃花生吃坏了？就是讹人。”

最后一道菜热腾腾地上桌，气焰嚣张地摆在另外两个已经放冷的菜中间。

“我怀了。”

侯承义看着最后这盘酸辣土豆丝，她以前从来不炒土豆丝。

此地从来不缺打听你媳妇肚子的热心肠，怕年轻人脸薄，热心肠们就建议侯泰山领着儿子儿媳去看看。侯泰山认真答应着，感激着，恭恭敬敬地记下那些专家的名字。很多年过去了，侯承义知道爸不会真动心思，像小时候他不长个那会儿一样，侯泰山只会等。

辣椒和陈醋的气味飘上来，侯承义咽了咽口水，这才注意到妻子穿着淡粉红色的毛衣，宽阔轻柔，披露着一种真相，那其中不曾有过的柔美，令人不忿。

废墟的奇妙在于，面前明明是一片垃圾，你却忍不住想象它们原来的样子。侯承义在工地的断壁残垣上跋涉，重型机械肃穆静立，一旦开拔所向披靡，他仿佛明白了仇晓拆而又建的乐趣。侯承义学过剃头，学过修鞋，还当了几天电工，它们跟炒瓜子一样，都是他能胜任却绝不喜爱的工作。仇晓是走了什么运啊，顺顺当当选中了最让人过瘾的事业谋生。

侯承义脚步不停，顺路捡起一根社区公园的被拆掉的蓝色粗管，拖在地上磕磕碰碰朝仇晓而去。整段金属没有他以为的沉，油漆面触手光洁，应当属于一架年轻夭亡的单杠。

仇晓不躲。

侯承义不知道仇晓是因为有人拉着才不躲，还是真的愿意挨他几下。仇晓只是低头站着，单杠却怎么都递不到他跟前，工地上的人像是见多了这样的阵势，把两人围成圈，似劝非劝，要拦不拦，维持着一种出不了大事又散不了热闹的良好局面。“有话好好说”不过是探索隐私的委婉提议。

可惜不知情的高俊美打破了这种平衡，她的脚步跟着骂声一路追来，激烈的用语让在场的男性工人心颤，忍不住设想如果当众受辱的人是自己，第二天还能不能活。高俊美要来拉扯侯承义了，侯承义的余光里，仇晓要去制止高俊美了，三人势成犄角。侯承义忽然想起在他最后一年学生生涯的某堂语文课上，他被叫起来背诵课文，坐在斜前方的仇晓歪着身子，把课本立在桌上，给了他一个安全有效的偷窥角度。侯承义磕磕绊绊连瞟带背蒙混过关，神奇的是那段文章竟然就这样被他记牢了，尽管再没有什么用处。“船头坐三人，中峨冠而多髯者为东坡，佛印居右，鲁直居左。苏、黄共阅一手卷。东坡右手执卷端，左手抚鲁直背。鲁直左手执卷末，右手指卷，如有所语。东坡现右足，鲁直现左足，各微侧，其两膝相比者，各隐卷底衣褶中。佛印绝类弥勒，袒胸露乳，矫首昂视，神情与苏、黄不属。卧右膝，诎右臂支船，而竖其左膝，左臂挂念珠倚之——珠可历历数也。”侯承义想笑，想背出声，想引用这段话对比他们现在的姿态，想问问仇晓还记不记得有这么一回事，记不记得他念出“袒胸露乳”四个字时引起的哄堂大笑。他躲开高俊美的手，他躲开仇晓的手，他连连退后想维持这绝妙的场景，他比画出暂停的手势，他仰头跌进一个不规则的土坑里，飞起的单杠同天空一样蓝。

肇事健身器材照头落下，落在他没着地的半个身子上，更大的疼痛却从另一侧身子传来。仇晓的脸最早出现在坑上方，明明背光，脸上的惶恐却极为清晰。侯承义很满意。如果仇晓早先露出这种表情，他这趟根本不会来。

是日工地乱成一片，灰土比平日扬得更高。听说因为高俊美没有关紧家里的水龙头，水漫出厨房，淹了屋子，又灌到楼下。值此良机，家里恼人的下水道总算修好了，家也成了侯承义的前妻家。

侯承义坐在门口人行道上晒太阳，在稀稀拉拉的人群里岿然不动。

那场闹剧之后，侯承义再也没见过仇晓，或者说再也没见过整个仇晓。出院之后他收到一个快递，最里面包着一截拇指。他认得这就是仇晓整天跟人比试的两根指头之一，他看过就推开了，心想这下高俊美肯定要怪我了。正要给他喂饭的侯泰山见了，嗓子里漏出一声干呕，含混地骂了声操他妈。那截手指的去向，侯承义也没问起过。

侯承义一下一下掰着指头，骨节响声清脆。对面鱼馆的两口子为了彰显食材新鲜，有客便沿街杀鱼。年轻的女人披挂着围裙套袖，虽是白刀利刃，却总有不甘认命的犟鱼翻腾不依，让她无可奈何。女人急呼老公，被叫作老公的人奔出来几下收拾利索，顺便嘲笑她的手艺，拿着鱼要返回去。女人坐在马扎上，仰头露笑，粘着鱼鳞的手钩上男人牛仔裤腰上的腰带环借力站起，几乎撞进他怀里，另一手还兀自钩着剪刀。被掏空的鱼仍在他们之间打一个挺，又打一个挺。

“这干巴女的有什么看头。”张慧能不知道什么时候站到店门口，顺着他的目光，也看着对面街腥风血雨的亲昵，声音沙哑。

侯承义回头仰视张慧能，她确有资格说这番话，她和杀鱼女人一样，活成什么样都不吝展示，这种光天化日的生活，就是侯承义此刻的看头。张慧能扑打着身上的毛巾碎屑，迎上侯承义的目光，又透过他看向更远处，转身朝屋里走去。

侯承义站了一小会儿，也可能是一大会儿，跟了进去。店铺由亮到暗，由暗到亮，屋里没有她男人留下的酒味，俗称“小太阳”的电暖器持续发射出光和热，照耀得她脸色明红，昏昏欲睡，似乎对走进来的人一无所知。

刚刚康复的手臂用力时有种奇妙的陌生感，像另一个人在推波助澜。

张慧能和他想象中一般柔软又粗粝，毛巾堆上包裹的塑料薄膜被扯裂，鲜艳的米老鼠、喜羊羊、海绵宝宝滚滚而下。他在难以辨认的动画角色里探索，一意孤行，如同那个没有柜台高的十三岁男孩，曾底气十足，无畏地渴求着柜台下纸盒里的碟片。

“你要是能怀孕就好了。”他把脸拱在暖烘烘的胸膛低语，张慧能却像是听到了防空警报，突然僵直，打挺，兀然开嗓，长声呼救，几乎咳出痰来。侯承义想起刚才那条鱼，嘴角浮上微笑。几个人拥挤着从光亮的另一头进来，其中一个保安手里，还握着侯泰山给的瓜子。

侯承义被人架着胳膊推搡出来，裤子挂在脚踝上，那不争气的东西此刻倔强地直指着前方。侯承义笑着想，上午那挂鞭炮，现在放就好了。身背后是张慧能沙哑的哀哭，说这个孩子，是把脑子也摔坏了吧。街坊干瞪着眼架着他，一时打不定注意，要拿他怎么才好。

侯承义知道侯泰山拿着礼物往回走了，是一提印有两人头像的新包装袋，上书一大一小两行字——父子瓜子，开心一嗑。距离百年老店还有六十六年。他决定了，要是侯泰山问他这个设计怎么样，他一定捧场，说不定还要笑得前仰后合。

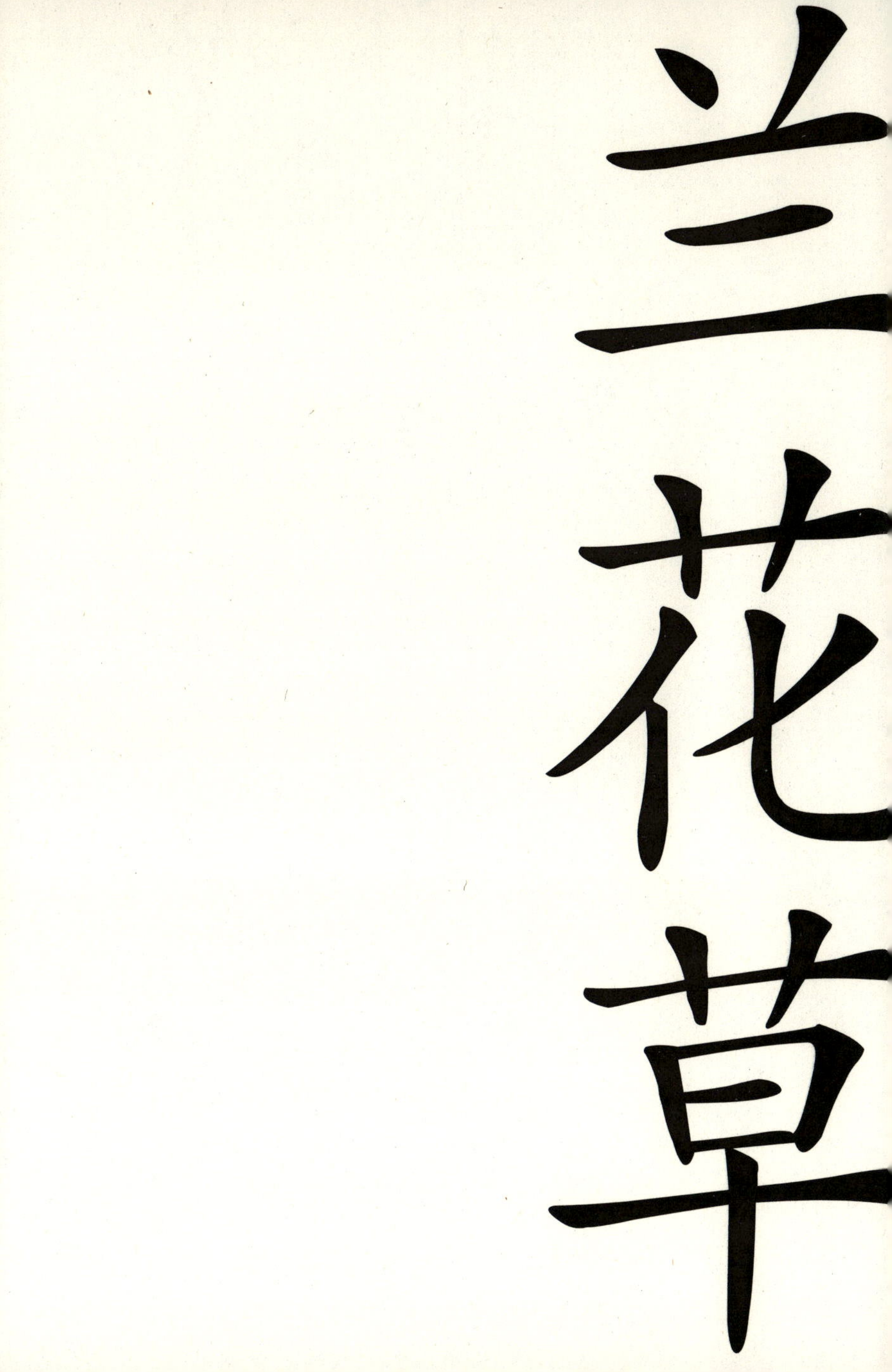
兰花草

洪峥出看守所的时候天刚擦黑，月亮已经大着脸挂出来了，他进去那天也是十五。

当兵后他才意识到，除了能放假的日子，城里人不记农历。久了，他嘴上也不说了。

也怪了，别人走都是上午办手续，轮到他挨到这会儿才放行，约好来接他的人不见人影。他走出去，找到台柜员机查了卡里余额，转进小卖部买了瓶风油精，拧开倒在指头上，往鼻子眼里匀匀实实抹了两下子。京郊沙喇喇的风再次钻进鼻腔，像加了滤镜一样，没什么实质改变，却清新了几分。

没多会儿老华亲自开着车来了。洪峥钻进车，一脚踩到副驾座前扔着的旅行包，包敞着口，里头是给他备下的行头，七七八八都是眼前用得上的。老华弯腰替他把包上的脚印拍打掉，还没直起身就猛一打方向，越过一条车道就拐了弯，把喇叭和咒骂甩在红灯那头，载着眉头紧皱的洪峥，朝更亮的街区驶去。

老华说："这几年不能开车，正好专心喝酒啊，你这算因祸得福！"

老华的语气总让人振奋，不管说什么都像是为下一个节目报幕，何止不容置疑，简直值得掌声，好像事实上醉驾的人真是洪峥，而不是他给老华顶了包。洪峥心里头不乐意，但卡里明明白白多出的十万块钱，是他自己应下的。

老华这是把洪峥带去他的会馆，在那里，洪峥将成为洪店长。

洪峥有着一份不过于英俊的体面，和并非全然无趣的稳重，就算没这事，他也可以是个店长。老华挑今天把这位子给他，像是懒得掩饰这是利益交换一样。

洪峥那点不悦在两人并排挤进门时消失殆尽。

认识老华之后他已颇见过一些富丽堂皇与曲径通幽，眼前的景象还是超出了他的经验范围，老华肥厚的手掌搭在洪峥背上，看看朕为你打下的江山的意味呼之欲出——虽是水到渠成，也须谢主隆恩。

空荡的舞台中央悬着一束追光，几只道具箱隐在阴影里，台下错落着带有剧场编号的椅子，扇形的大厅被切割出无数个暗角，一切是旧的，又如同沉船中的宝藏，在暗处透露着幽光。

洪峥想将视线所及的每一处诧异形容为“逼格”，又深知这用词的轻佻和莽撞，他无法不对眼前的陌生饱含谨慎和敬意。这里光线繁复，香源未知，连灰尘都有着尊贵的秩序。

在此之前，老华也是洪峥的老板。

两人遇到那天，五星司机洪峥接到第一个差评，眼看着自己名字后面的星星灰掉半个。

洪峥打电话申诉，客服比刚才的客人更不耐烦，此后一连几小时，他都没有被派单，洪峥憋着一股火关了软件，在路边轮换着指头往鼻孔里捅风油精。四星半和没星对他来说没区别，他不干了。老华迈着八字脚走过他，踢到他扔在路边的风油精空瓶，又走回来，问他去不去昌平。洪峥整个脸揪了起来，怕价高了，人要走，低了，低了自己今天就更倒霉了。他挺过鼻腔里辛辣的后劲，报出一个数，说出口又后悔了。老华拉开门，把自己和肚子依次端上副驾驶，椅子靠背往后一通到底，冲着还站在车外的他说：“走啊。”

洪峥开车不多话，老华却一路没停嘴。“当过兵吧。”“嗯。”“你看我是干什么的？”“不好猜。”“跳芭蕾的。”洪峥笑了。“芭蕾舞剧。”老华补充道。

身旁这个微秃的胖老头，嗓门沉而响，像是喉咙里藏着雷，怎么看也只有眉毛算是会跳舞的。

老华全名华青岚。洪峥辞职的当天下午，无缝衔接地成了老华的专职司机。

洪峥没开过这么好的车，也没穿过这么板正的西装，他从里到外给老华的新车拍了照发给张木伦，图还没过去，又等不及发起了视频聊天。张木伦用臭骂表达了赞叹，拍打着他乖巧干净的保洁车不甘示弱：“哥们这辆，任谁都得给我让道，你那能吗？”

张木伦和洪峥同时退伍，是洪峥在北京唯一的朋友。木伦是本地人，有根，有房，洪峥还没着落的时候，他就有了工作。张家的条件，也就是豁出全家脸面刚好能给独生子安排生计那种。洪峥知道木伦问他有什么事能帮忙的时候都出自真心，因此更控制着聊天的分寸，添麻烦他不怕，怕添了麻烦还添生疏。有了现在这个结果，他非常安心。

洪峥行车稳得像阅兵仪仗，开关车门堪比专业迎宾，从他把着的车门里上上下下，其貌不扬的老华扬了很多。老华的朋友没法不注意到这位新司机：“过分了啊老华，怎么着，演《唐顿庄园》呢？”老华也不薄待他，能带洪峥的场合从不让他在外面干耗着，洪峥休息时间车就自己开。

吃过见过一番之后，洪峥才发现老华的北京远不止张木伦的北京。某天他站在一个巨型雕塑前，头越仰越后，还是看不到头，老华从人群中踱过来，问他什么感觉。洪峥说：“头嗡的一声。”老华赞他道：“有天赋！是，就是嗡的一声！”

洪峥的天赋不止于此，没多久他去给老华顶了包。老华求他时流露的恐惧像是整个余生就要毁掉，洪峥没多少时间跟他对词，好在准备的谎话也没怎么用上，事就办成了，有那张清清白白的脸，实在是说什么像什么。

几天后洪峥开始拿不准自己到底是为了仗义还是为了那笔钱，只是回忆起老华的驾轻就熟，有些不得劲。

“别有盈利压力”这种话，通常约等于“需要赚得跟现在一样多”，除非真正的压力来源的确不是盈利。

会馆叫“第四堵墙”，很多装修材料是老华从废弃的剧院收来的。店里放眼皆是的外文让洪峥摸不着头脑，菜单上的繁体汉字也被弱化成小而浅的字体，变得极不友好。洪峥打算从头学起，先把前台后台的员工认全，再熟悉物流仓管产品宣传，老华却另有计划。

老华的朋友都是文化人，一桌人即使初闻对方姓名也能互道久仰。洪峥在这儿率先学到的，是人能如何因一番言论广受仰慕，又如何在别人的描述中声名狼藉。他们谈论名人大鳄如同积年密友，提及历史拐点好似亲历，似乎他们不算各界大师的嫡传弟子，大师便理应后继无人，他们不盖棺定论，谜题便将永远悬浮。在老华的刻意引导下，陪聊成了洪峥工作的重头。他呈现出的孺子可教，颇值得让人为他费些口舌指点；谦卑的姿态，刚好满足对方对礼贤下士的心理需求。宾朋尽欢，老华得意，他这里不但往来无白丁，连家丁都不是白丁。

与此同时，洪峥要在适当的时候添上切题的酒，体贴地取出客人上次提过的雪茄，顺便平息即将升级的争执。为了不把天南地北的话题掉在地上，他在这群人中急速汲取着二手学识。天上一日，地上一年。

要不是那天作家们偶然称赞了洪峥的灵光一现，他会永远安于做这样的捧哏。满座的击节赞叹稍纵即逝，陪坐的老华都没注意，这次洪峥脸上的热辣久久未消。自此他在日复一日的滔滔不绝中留了心。有些高频词汇他早已耳熟能详，可学舌是学不全的，拗口的人名和书籍，连望文生义都无章可循。客人们常提的书和电影，他找了看，看懂的那些，就格外期待别人再提起。他想起，那些年站岗放哨的时候，他总盼着出点惊险刺激又能手到擒来的小插曲，警惕而兴奋。灵光乍现的日子毕竟是少，本来心安理得的蓝袖添香，如今却多了忝居其间的尴尬。书和电影，好歹有别人的评论能照猫画虎，更难的是生活的姿态。

随和与普通在这里变成了异常，他几乎空白的恋爱史和爱好乏善可陈，聊起家事得到的只是震惊和怜悯。“原生家庭之恶”“斯德哥尔摩综合征”他当然听过，以为那只是网上的“梗”，怎么也没想过套在自己身上。他们每个人都有一个以上的精神父亲，却对家长里短深恶痛绝。有时洪峥忍不住琢磨，寻常人家是不是当真如此不堪，当爹妈的到底怎么做孩子才不会义正词严地含恨离去？他试过壮壮胆，组织起这些想法付之于口，可老师们只负责指出他本不曾体会到的痛苦，不负责解答。

久而久之，他跟父母在电话里有什么不痛快了，心里就有种“我力排众议为你们说过好话你们还不懂我”的牺牲感，驴唇和马嘴更加努不到一块儿。架吵完，洪峥懊恼得很，买了店里几瓶酒寄回老家给父亲尝鲜。几日后，难免又因为浪费钱被父亲再次臭骂。

洪峥还有个任务，就是随时给老华安排车。老华还是整天出门，他没再找专职司机，还是走哪都带着没了驾照的洪峥。老华身边的那些人，一部分喜欢找人一起挣钱，一部分喜欢找人一起花钱，仿佛钱是天上飞的、地下跑的，遇水生根见风就长。洪峥在高谈阔论的场合已经自然了许多，假如看到有人正艰难扮演着别人，心里尽是谅解。

洪峥迎头看见一个不屑的眼神，便朝这翻白眼的姑娘走去。带她进来的人潦草介绍过，隐约听见是美术学院的。

“您是央美的啊，我前几天去过你们学校……”

洪峥话没说完，姑娘眉头一动扭身走开了。后来洪峥又遇到跟她一起来的人，才明白姑娘刚毕业于一所理科学院的附属美院，普通到本不值得提及。道歉太唐突，解释又有些刻意，洪峥后背又僵直了，他把手插进口袋，反反复复把风油精瓶的棱角握进手心。姑娘很快看完所有展品，几次经过门口，都若无其事地张望。他们几乎同时发现，跟她一起来的那群人不知什么时候已经走了。

洪峥立刻读取出她脸上的表情并非全然孤傲，恐怕连之前的不屑也是提前备好的。他忽然记起跟一群人看没字幕的英语脱口秀那晚，旁人在他的前后左右大笑，他唯恐笑得不卡点，只好全程保持着咧嘴和颤抖，以免在别人的余光里太过突兀。他熟悉的惶恐正在她脸上若隐若现。

“这儿不好叫车，我送你去地铁站。”

洪峥为她撑开门。这次她没有拒绝，也没提被忘在这里的事。她刚来北京，跟着这前辈那老师混了些日子，还没“找到答案”。像他见过的大多数来宾一样，洪峥离开展览就对刚才的展品流露出一万个看不上。

“对，完全的媚雅，与真正的表达背道而驰。”她对洪峥的观点很满意，先前被他捕捉到的难堪已经无影无踪，“有烟吗？”

“我不抽烟。”

“口袋里是什么？”

洪峥摊开手，姑娘笑出来。走进地铁闸机前她塞给洪峥一把碎纸片：“加我。”

那是一张被剪碎的拍立得照片，拼起来，图案是一张二维码。洪峥用手机扫出了她的名字，松子。

他胸口震得发疼，急于与她相认，而手中的纸片在地铁风口跃跃欲飞。

怎么追求一个姑娘，洪峥没法问人。张木伦的那套厚脸皮他固然使不来，老华的朋友善于归纳金句，对艳俗的求偶形式则十分鄙夷。直到和松子同居很久后，洪峥也没回想起来他们恋情开始的节点，只记得他们出来逛马路那天，她把手伸进他的口袋，问他怎么总带着风油精，他停下来，蘸了一滴点在她的人中，她的唇突然贴上来，冰凉，炙热。

他们之间的浪漫，如有，全由她主导，由她决定是否发生，而他唯一的长处是比她熟悉这个城市，带她去了些别人带他去的地方，这胜之不武。洪峥理亏着，理亏比侥幸更挥之不去，侥幸只是偶尔感叹，理亏却在生活里平铺直叙，成为他的行为模式，尽管旁人看来更像是他收留了这个没有工作也不想工作的女孩，在他心里松子理应有更佳的匹配。洪峥谨小慎微地幸福，他不敢心安理得，又担心喜悦藏得偏僻，冷走了她。

老华打趣了他很多次，还给出许多“过来人说”，大部分不具备参考意义，唯一被洪峥记在心里的是要放轻松。轻松自然的心态之于洪峥，就像微笑、忧伤的表情之于变态杀手，需要模仿和训练才能习得。松子在家里等他，是让他无法平静的事实。

她可能套着满是颜料的睡裙在地垫上蜷缩如猫，她可能清走半个屋的家具布置上遮阳伞和躺椅请他享用“家用巴厘岛”，她可能在阳台挂出离奇的内衣引得路人想看又不敢看，可能在哭，可能等他一进门就把他的衣服脱光。

洪峥不能预知每天回家面对的是什么，不安混杂着期盼，期盼混杂着恐惧，恐惧混杂着爱欲，爱欲混杂着羞愧，挤爆了他的心。他在小区门口停下共享单车，要在不远处站到下一个人把车骑走才能上楼，这期间他平复下心跳，等着呼吸里的薄荷丁香桉叶一味味散去，才能让自己更像千千万万个回家的人之一，——虽然多数时候他们只是一起吃外卖，聊着随时断线的闲话，把可做可不做的琐事推到明天。他羡慕那些有魅力的情人，任哪个都可以，让他当一天也行，当个随随便便叫人五迷三道的人，也让她为他神经兮兮欲罢不能，也让她又气又恨两行清泪，都行，只要势均力敌，只要有来有往。

洪峥领松子去高级餐厅，两三次后洪峥只好放弃。他常见到其他人举着手机，寻找角度，切换软件，渐渐错过食用的最佳时刻，餐后生成一篇赞歌或檄文。而松子给什么吃什么，他深知如果看不出喜欢，不喜欢的概率就相当大。洪峥给她买的礼物她收是收着，穿的戴的还是她自己买的那些，那些造型诡异不该被当作饰品的东西在她身上确实别有风味。她对奢侈品的冷漠给了洪峥财力上的安全感，讨好她的难度也相应增加。洪峥表面上从没碰壁，却清楚松子的心仍是死结，正因为表面上没有碰壁，他连抱怨都无从谈起。她一日没有问题，他便一日没法解决问题。他想拿他的困扰去问人，又怕那些聪明严格的人像讨论他的家庭一样，引领他得出更多的痛苦结论。那个被她认可的人去哪了，洪峥不明白。他那些屡战屡胜的妙语，松子不以为然，老华之流在她看来只是生意人，唯一一次她主动谈起老华，也让洪峥摸不着头脑。

“你俩有别的事吗？”

“什么意思？”

“你跟他这么久，不知道他当初为什么被团里开除吗？”

“不是开除，是受伤了，跳不了了。”

“他上个司机，给他开了二十多年车，跟老婆散都没跟他散。”

“我知道，老董嘛，去世了，不然也不会找我来。”

松子没再看他，嗤笑一声，眼睛盯着膝盖上的书，手在地上空空地划拉，把洪峥和半截话茬留在原地。

松子搬进来没多久开始学文身，洪峥生怕她是想分担经济压力才学手艺，反复确认了她是真心喜欢，才给她买了网课。家里的图集画册越堆越多，不乏洪峥暗觉诡异难安的图样。那肯定是好看的，只是他从前没见过而已，他相信多看看就会顺眼，就能“品出味来”，这是经验之谈。松子的痴迷是洪峥没想到的，她经常需要被拽起来才休息和吃饭，跟他的话又少了些。

她并非总无热情。想亲热的时候她会在一些奇怪的时机和地点突发邀约，半途说起怪话泣不成声，洪峥蒙住却不敢停，只好埋头深耕细作，在随即漫长的沉默中不知该温存还是一起冷漠。

疲惫的松子侧卧着，深色皮肤细腻敏感，很容易浮起鸡皮，几乎没有曲线的平缓身形，像巧克力广告里慢慢划过的丝绸飘带。她的单眼皮乖张地上扬，小的鼻尖和乳尖俱是翘立不逊，她身上的平淡无奇组成一种姿态非凡，凑巧形成了吸引力，像传说里某种由于操作失误意外发明的美食。

她欢迎他吗？他不确定，很多时候两人像是在面对面网恋。洪峥默默搜集着关于她的大数据，在样本足够之前，他希望飘在意识之外，不用考虑对策。洪峥很快睡去，醒来的时候她总在床的另一头，不管他怎么试图在睡前揽住她，醒来她总在另一头。他很想知道她怎么翻转到没有枕头的那边的，努力圆睁双眼，还是在某一次眨眼时再也睁不开。他恨自己的睡眠，老华那儿的人无一不声称被失眠困扰，长期交流从世界各地带回的药物和烈酒。比起那些可以囫囵吞枣的知识和逐渐被填充的经历，优秀的睡眠品质更令他羞愧。

松子到了需要找人练手的时候，洪峥光了膀子趴下，自嘲是剃头学徒用的大冬瓜。皮肤上传来毫不迟疑的刺痛，令他想起一个战友说应征前洗掉文身的疼痛，肌肉因用力而一阵痉挛。松子在作品完成后沮丧无比，他扭头在镜子里看看，身上的图案和她的草样相差甚远。松子连续几天都没有动手，洪峥看见她留在他电脑上的浏览记录，是价值十万元的大师课程。

洪峥给她报上名那天，松子在屋里载欣载奔，此情此景让洪峥豪情万丈加柔情缱绻，深深以为这一幕值得他再次蹲进监牢。

他终于与恋人获得了超越语言的联系。图案和图案连成整片，他不需要照镜子对比了，他感知到那双手不再颤抖冰冷，呼吸变得悠长沉稳。他对效果没有好奇。依着他，他绝不会在身体上雕花钻孔，但既然松子有权处置他的心灵，当然有权处理他的肉身，他从不觉得这是牺牲，反而感激疼痛让他们连接。皮肤一片片被色彩覆盖，他只恨不能给她更多的空白。他瞒着她偷偷看好了店面，只等她准备好将画笔落在别人身上。

结课当天的作品她需要现场一气呵成，洪峥当然还是模特。连续的疲惫和疼痛让他逐渐失去知觉，不知是睡着了还是昏迷过去，醒来她手中已没有工具，凉的嘴唇贴在他的手臂上，鼻息绵长。他陌生的胳膊上是流淌糖液的甜甜圈，狰狞的锯齿薯条，被咬了一半的巧克力蛋糕和捏扁的啤酒罐。那些肮脏扭曲有着难以名状却无法否认的艳丽和奇异，饱和的色彩打着旋，冲进洪峥的眼睛，推他去深渊去火窟，去童年的噩梦经年的委屈。他像烧成的灰一样轻松，眼花了，神散了，要喜极而泣了，却不能分辨这喜悦是出于对美的承认，还是对她的爱，只觉得无论哪一个原因都很好，他只想拥抱面前手指尚在颤抖的女友，可两人谁都没有起身，就在他人尚未完工的嘈杂中握着手，长长久久紧握着手。

洪峥的底气似是由此而来，交际场得心应手，回家也不再执着于松子各种情绪的由来，连带眼神也变了。许久没见的张木伦看到他亢奋的眼神，还以为他染上了什么恶习。

“说什么来着，老抹那玩意儿不好！是不是玩上狠的了？你可别跟他们那帮人学。”张木伦嬉皮笑脸，补充道，“往头上抹绿的，也不吉利啊！”

洪峥觉得跟他说不上话了，说了他也不懂。风油精不好还有什么好，提神醒脑，祛风辟邪，况且他现在早就不靠风油精了。

文身店开起来了，洪峥再没人可介绍的时候，店铺开始门可罗雀。洪峥怕松子心急，不忙的时候就来陪她耗着，开玩笑似的问她要不要跟他刺个情侣文身。

“怎么可能。”

松子回绝得痛快又直接，见洪峥愣住，她抬头追加了一句：“听说有情侣文身的，都会分手。”

洪峥信以为真。对于松子不久后的出轨，他早有预感。她注定如此，理应露出哀伤无解的表情，难以取悦，易于崩溃。总有人说着那些，比如“脆弱的内心等待救赎，悸动的灵魂必被召唤”，比如“新爱情的美好值得留下一百个烂摊子，荷尔蒙就是强迫你永远在路上”。松子肯定一样吧，她将并非出于不爱而出轨，他替她打好了草稿——是因为痛苦，是在探索，是需要表达或别的什么。他预演好了她可能被玩世不恭的坏小子吸引，被某位气质卓越的老师征服，被他介绍去的画家勾搭，乃至于与一面之缘的有妇之夫翻云覆雨。他在不适的想象中码好了原谅的台词，好像做了最坏的打算，就只剩坦途。

两个月前他们各自回家过年。酒酣饭饱，洪峥被家人问起婚嫁，一想到松子和他家的格格不入，他已替她委屈，不知从何说起，只好推说没有对象。从北京寄回来的红酒爹只当着客人开过一瓶，说剩的那些等他结婚再喝，这会儿八成已在冰天雪地冻成了疙瘩。他不知道的是，同一时间的松子正接受着一轮又一轮的相亲，最终选定一人，领了结婚证，喝了定亲酒。准确地说，对方才是她现在的轨，洪峥那截，已经被并掉了。

回到北京松子才告诉他，初次见他的时候她已经在上海待过几年，并不是刚毕业。她见得越多，越知道自己闯不出名堂，而洪峥过着灯红酒绿的艺术人生，肯定跟她走不到头。她听家人劝见了亲戚介绍的对象，对方一身忠勇，吃苦耐劳，笨拙倔强，对婚姻和未来有最本分的筹划，只等她处理完北京的琐事回去完婚。

洪峥恍惚，被描述的那个人不就是原本的他吗！可是在她的计划中，他已是待处理的琐事了。眼前的人流露出不真实的歉意，与他竭力想靠近的灵魂差之千里，他新长全的躯壳却蜕不下来。松子试探地提及欠他的钱，洪峥悲愤交加：

“还！你不是有彩礼了吗？不行还有份子钱！”

洪峥留她在家收拾行李，自己甩门而去。都互相错认了人，还装什么呢？那笔钱拿给他一无是处该当与之决裂的父母，准能盖个新房。

会馆因添了新装修，这几天没有营业，洪峥路上就打算好好把自己灌醉一番，最好哭到谁找他也不回应，没想到开门就看见喝成紫色脸膛的老华，正独自翩翩起舞。他肥胖的身躯灵巧地旋转在桌椅间，像哪部电影里的安禄山。老华跃上舞台，站在追光的边缘猛地把腿高举过顶，做出能让人想象出当年之优美的展臂，对呆立一旁的洪峥道：“你知道为什么我只有这条腿能举起来？”

“都举起来你就摔地下了。”

洪峥不想看他的酒疯，有心把他劝下来。老华被他扶住，就势泄了气，扑在地上号哭起来，说他的右腿是假的。木板被拍击得嗵嗵作响。洪峥拿空话安慰着，上前搀扶之余忍不住摸了他的另一条腿——被冤枉的右腿有着跟左腿一样的脂肪和橘皮，真得不能再真。

洪峥撑着老华起身。老华拖着洪峥，去点数那些珍藏的好酒，他一次次真诚发问：“红酒和白酒不一样钱，算不算种族歧视？灰怎么做到不偏不倚落在每个酒瓶上，是不是有红外感应？”洪峥的随口搭腔句句被他引为真理：“太对了，太对了，你应当载入史册！我们应当载入史册！你和他们，和所有人都不一样！可是老董啊，你不是说给我开一辈子车吗？不能跳舞了有什么呀，离了哪我都不怕，有你坐我边儿上就行……”

洪峥最终把老华背到沙发上，老华哭累了，撒了手睡去。洪峥也算见过很多灯火辉煌的失态，论滑稽凄惨，很难与今夜比拟。遗憾的是他替你哭了，你就没法哭了。洪峥给老华盖上毯子，没了喝酒的心思，回过神来天已经快亮了，他在失去松子的这一天终于学会了失眠。

怕老华脸上过不去，洪峥在他睡醒前出去，溜溜逛逛了半天，找地方好好洗了个澡。自从有了文身，他没再进过洗浴中心，没想到面对他的身体最惊讶的眼神来自他自己。他印象中后背上是青龙白虎之流的基本款，仔细一看原来是缠绕的花草，不知道是松子偷天换日改了图，还是他记忆错乱。他扭着光身子仔仔细细看了半天，被师傅问及是否搓澡才惊觉脖子酸痛。洪峥趴下，毛巾粗喇喇地在背上蹚着路，疼连成了片就不是疼了。昨晚想让松子打欠条的冲动已经过去，他不怕被当成什么极品前男友吐槽，就是忽然不想了，没必要了。那是她的学费，也是他的。学费怎么能还呢？没有这个道理。

洪峥泡透吃饱，出来才看到张木伦的十几条信息和来电记录，说约洪峥吃饭。洪峥还没想好怎么跟他说这事，便回他说不想出门。

“看来你在家没事啊，过来帮我一忙，赶紧。”

洪峥又着道了。张木伦要逃班，但清扫车装了定位系统，必须得有人替他把这几趟街扫完。

“干吗去？”

“会姘头。”

“还是上次那个？”

“还是上次那个。”

“怎么不等下班？你就俩小时班。”

“等不及。”

“别叫人姘头，多难听。”

“你懂屁！这是亲。她先这么叫我的。”

“你俩定了吧。”

“她那边还没离干净。”

“离婚又不是拉稀。”

张木伦照着他屁股来了一脚，把工牌钥匙一股脑扔下，转眼蹿到了马路那头：“她爱的是我！”

许多目光朝张木伦看过去，又事不关己地移开，洪峥笑着坐上车。

按钮不多，任务不重，车子启动比他想象中轻盈。

“我从山中来，带着兰花草。种在小园中，希望花开早。一日看三回，看得花时过。兰花却依然，苞也无一个。”

保洁车单调的乐声响起，洪峥许久没听到过这首歌了。他真高兴，这是他熟悉的歌，是他脑子里有的歌。如今他为宾客们用餐找配乐已经没什么难度了，哪怕那些歌他听不出所以然。当年他刚干这差事，可是有客人曾痛心疾首地质问过他的：你拿兰草配这支酒，跟在卢浮宫吃麻辣烫有什么区别？当时他诚惶诚恐，立刻道歉请教，现在却只觉好笑，我怎么知道什么区别？

他只知道有的人能在这里一洗寒酸，脱胎换骨，仿佛襁褓上就绣有家徽；有的人一意孤行自成了一派；有的人像松子，全副精神演出的时候也给自己留条后路；有的人邯郸学步如他，两手空空握拳。

他跟着哼起了《兰花草》，单曲循环。歌声中他的双亲，他的兄弟，他的乡村百鸟朝凤子孝孙贤，上不了台面的半烫面大包子和农历十五的老月亮，带着不计前嫌的召唤和慈爱的怪罪，扑面而来。“我身前是垃圾，身后，也是。左侧是风，右侧也是。”洪峥即兴创作。这不就是诗吗？以前他是不会想到诗的，他和以前的自己到底不一样了。

车在风和水雾中行进。“慢速驰骋”，他又给诗想到一个浪漫的题目，无人知晓，更无人赞美，带着兰花草的人不知疲倦，又一次从山中走来。

夕阳沉没，华灯未起，此刻城市的天空无人管辖，此刻他和车的主人都无比喜悦。

长生林

死了死了，一了百了。老锯末说。

才六十来岁，早点了吧，想这个。大老周说。

今天不死，明天不死，要死的时候发现死不起了，还是你难受。人无远虑，必有近忧，消费就是水涨船高，不打无准备之仗。老锯末说。咱这个人，千不好万不好，不给人添麻烦就是这个。老锯末竖起崎岖的拇指，痛风已使得他的手指像一丛钟乳石。

老哥你看得开，我不行，想都不敢想，上了年纪眼眶子浅。大老周把目光从他手上拿开了说。

境界不一样，我比一般人看得远，报纸我都只看国际版，手机上那些净是造谣的，看了还上瘾。现在这人的眼，打小开始近视，老了眼还能要吗？都是手机闹的。老锯末说，瞥向大老周牵着的外孙子。小孩因为专注于手机里的游戏，对这场谈话的态度相当宽容。

你这个黑眼圈可见大了，该补的得补，肝肾功能查了吗？大老周问。

男过三十七，两肾必有虚。什么概念？不是让你补，是让你服气。补是能补，补了干么呢？与天斗，斗也白斗。我不是不懂，干姜、枸杞、桂圆、黄芪，都买好的，硫黄熏的不行，六十五度开水泡保温杯里，早上喝三泡，晚上别喝，上火。家里有绿茶嚼烂了，糊眼上。内服外敷，七七四十九天管好，再犯再弄，管好。这个我比你懂。但是怎么呢？咱老有老的样，不能和老耿一样，老小子还染头发呢。老锯末说。

还喷香水。挨近了头晕。大老周笑了。

他穿的那是筐箩衫吗，还是什么？老锯末问。

保罗衫，领子朝上翻。大老周说。

对，前胸有个鳄鱼，头朝哪的都有，美国牌子。一到星期四他就上桥洞子底下找“走地鸡”，就那几个专门拉老头子的女的，完了事回家路上唱着歌，生怕人不知道。老锯末说。

小小子现在会学舌了。大老周说，使了个眼色叫他收敛。

你别看咱不好这个，还老招这个。我对面搬过来一个小丫头片子，干全活的。老锯末并没收敛。

往家带人了？老周也不再拦着。

那倒没有，见天晚上出去，早上回来就洗头。哪有人天天洗头？老锯末说。

大老周张嘴想说什么，外孙子忽然在他胳膊下挣巴起来。大老周提起手上的购物袋晃了晃，袋里鼓鼓囊囊，探出一棵芹菜。他食指上还单钩着一小袋蒸包，塑料袋上印着红线勾画的店小二图样，是个名吃。快凉了，我先带孩子回去。大老周说。

这种东西我从来不买，外面卖的包子都是纸盒子做的馅，想吃包子还是得自己剁馅。老锯末摇着头。

大老周嗐了两声，没再作别。老锯末说了半天，心率有点上来了，想到要爬三楼，有意在路边看看下棋的，喘口气。下棋的一团人都没理他，知道他改不了抬杠，搭理了就惹气。老锯末没滋没味站了会儿，于棋局并未发出什么高见，也就走了，手里的冻棒子粒和鸡翅中还得回去收拾。老锯末在人群中也并不全然透明，他算属相极准，说个年份或者年纪，他立时报出鼠牛虎兔，从没错过，可惜这种机会总是极少。

老锯末在门口蹭蹭鞋进了屋，桂青在暗影里对着垃圾桶剥葱，干燥的外皮窸窸窣窣落进塑料袋里，看不出她是坐在马扎上还是蹲着，最好不是蹲着，不然起来又要扶着墙缓好一会儿。老锯末一样样归置买来的东西，上回错买的是翅根，闺女嫌没吃头，小苹果也是撇了嘴吃的。冻棒子粒是小卖部帮人处理的，水果玉米，炒完是甜的。当时老锯末说，这种转基因玉米是老外发明的，专门让人不孕不育，老板笑话他说，早辟谣了。老锯末隔着袋子摸了摸，十块钱一大兜，还是买了。买是买了，但不能冒险给孩子吃，还是先塞进冰箱。鸡蛋是百姓药房领的，听完讲座就有，他知道人家是为了卖东西，但是他有主意，他不上当，什么好话也骗不了他去。今天他确是买了一瓶益生菌，可那是为了小苹果。这小外孙没肉不行，炒在菜里的不叫肉，单做的肉才叫肉，一口菜不吃，拉屎就费劲。药店的白大褂说这个好，专治拔干，营养均衡，没有副作用，可刷医保卡。

老锯末和桂青一直不言语，桂青耳背，说了白说，何况也没什么好说。你递我一个盆，我让开一个空，饭就好了。其间桂青背后的水烧开了，水漾出来，老锯末拨拉开她，关火，脚钩住小煤炉边一块看不出什么布的布，蹭干了地上的水。

听到娘俩在楼下锁电动车的声了，老锯末探头望望，拧灭了一星如豆的煤气灶，饭菜上桌。

他要的是可乐鸡翅，不是可乐和鸡翅。闺女说。

到肚子里都一样。老锯末赔着笑。

那怎么不直接吃屎呢。闺女也笑，等着老锯末把碗摆到她面前，筷子递到手上。

桂青把易拉罐的口子擦了又擦。小苹果接过可乐打开，先给了妈妈，手又向姥姥伸过来。桂青又拿出一罐，擦了一半就被小苹果夺过去打开。

你这孩子教育得好啊，有什么先给他妈，知道孝顺。老锯末摸小苹果的后脑勺，被他躲过去。

说给谁听呢？我不知道孝顺呗。闺女说着，筷子拍在桌上，打出一个叉号。

谁也没说给，就是闲拉呱，别耽误吃饭。老锯末笑着，把筷子塞回闺女手里。

没有一顿饭能让我吃痛快了。闺女说。

你爸爸不会说话，童童啊，不用搭理他。桂青劝。

桂青不知道老锯末怎么招骂的，也没听清闺女的话，她证实了人在听不见的情况下，也可以该说什么说什么。老锯末就着小苹果的咀嚼声低着头，原本给自己倒了一杯葡萄酒，也咽不下去。他偷眼打量着闺女，秀气的眉眼被发福的脸抻开了些，他觉得挺好，像个结了婚的样子。鞠童童和段阳认识的时候两人都三十好几了，见了几面就定了亲。段阳开大货，跑长途，跑着跑着车上多了个女的，跑着跑着就不回家了。童童回娘家住了半个月，靠得脸蛋焦黄，老锯末本打算在段阳面前抖起来的，可一挨到女婿上门，他先掉了泪，没说两句干脆号哭起来。闺女不耐烦他，拿上包，催着段阳一块儿家去了。

段阳的脚怎么样了？老锯末听见桂青问。

还没扔拐。闺女说。

段阳和那女的散了，也不跑长途了，早出晚归，说是跟哥们干工程，倒也往家拿钱。头两个月有天回家路上买了袋豆浆，低头插管的空，让大车挂倒，轧了一条腿。司机说没注意到人，听见喊才从后视镜往下看，地上淌了一片白，他以为撞的是个雪人呢。

闺女低头摁着手机，桂青照顾小苹果吃完，收了桌子。

我去给你交社保，没交上。说今天是什么什么日，交不了。老锯末说。

什么什么日？闺女问。

没记住。钱给你。你自己去问问，我怕听不懂耽误事。

我这快忙死了，你跟看不见似的。

闺女手机上忙的是工作，卖东西。卖的是什么他们没见过，谁买了她就跟上头的人说，也不用她发货。老锯末心说，还是年轻人有出息，做生意不压货，就是本事大，替她交那三万块钱入代理，值。

桂青张罗小苹果在楼道里的公厕解手，好半天没完事。孩子急，老锯末听着也急，益生菌瓶子上的字印得小，看不懂怎么吃，也不敢再问闺女，只能给小苹果带回家吃了。

你电动车不是坏了吗？我一个月给你攒点，到年底给你换一辆。捐献的事定下来还给发个奖励，可能用不到年底。老锯末说。

你这一身病，五脏六腑都没什么好零件了，人家收吗?

破家值万贯，眼角膜总能用。

你自己都快看不见了。

和这个没关系，我都打听了，最不济人家还能做解剖，做实验，用处大着呢。

你可想好了。我妈怎么说?你不跟她合葬，她要再找个老头，就和别人埋一块儿了。闺女想象着那副场景，把自己逗笑了。

拉不下来。小苹果在外头喊。

是啊，下霾。跟你妈说，晚点走吧，困了姥姥搂着你睡一觉。

屋门开着，厕所门也开着，桂青的声音清晰可闻。

赶紧拉赶紧走!没流量了!闺女冲门口喊了一嗓子。她起身把手机塞兜里，晃悠着说，在你这儿坐得腰疼。

老锯末递上一个塑胶按摩锤。闺女没接，抓上挎包到门口等着去了。

老锯末四下寻摸，那多半杯红酒被桂青随手放在电视机上了。老锯末端下来喝了两口又琢磨那事，当年晚半年结婚就好了，能赶上厂里分的单元房。晚半年结婚，童童就晚半年出生，属猴的闺女可比属羊命好。后来木材厂再没分过房子，再后来，连木材厂都没了，他的刨板车间关了，老锯末这个外号却留了下来。孩子这一辈子，就叫我耽误了，可见人无远虑，必有近忧。老锯末想找点东西下酒，才注意到菜都吃净了，挺好，说明做得成功，获得了娘俩一致认可。老锯末一仰脖把酒倒进嗓子眼，闺女的电动车在楼下响了，别看车不行，丫头骑得可真溜。

老锯末再睁眼，天已经黑了，晚上像比白天还闷热了，他一脑门子汗，胸口像压了块砖。醒醒神才听见不知道谁在擂门，桂青竟先于他摸着黑开门去了，想必已敲了老半天。老锯末起身开灯，屋里除了桂青，还有一个大高个，是萧勇。

萧勇把手里的礼品搁在地上，坐在半组沙发上，两腿一岔，沙发就满了。沙发原来是桂青外甥家不要的，桂青要了来，要了来又搁不下，只好锯一半，铺上布盖住了里头的棉芯，坐上是软乎，没糟践东西。

鞠大爷，大娘，安个门铃不行吗？我嗓子都喊破了。萧勇说。

萧勇小时候住他们隔壁，爸妈也是木材厂的，没等厂里信儿就干买卖去了，留萧勇自己在家，圆着小脑袋瓜爬上爬下，还从二楼窗户掉下去过。桂青怕出事，老叫他到跟前看着，饭也留他在家吃。

萧勇家几次要给钱，老锯末都不收，后来萧勇开始和童童争嘴，他们才把钱收了，没办法，一只烧鸡就俩腿，他俩都要吃一对，总不能让闺女亏了。没几年萧勇家就搬走了，每年还回来看他们，开始是三口人一块儿，现在是萧勇代表。

昨天不是大爷生日嘛，忙忘了。萧勇说，这个鱼是咱自己家的，你们尝尝。

黑色的塑料袋在萧勇脚下，个头不小。

萧勇在水库边弄了个农家乐，有山有水，一直叫他们去玩，他们一次也没去过。

那箱奶是我妈让拿的，保质期到下个月，我说不该拿快到期的送人，我妈说给你大爷大娘自己喝，不算送人。

桂青用力辨别着他的话，萧勇声若洪钟，她八成都听着了，连连道谢，又怪他见外。

这孩子仁义。老锯末说，一口饭的事，这么多年还想着我和你大娘。

韩信不忘一饭千金，咱姓萧的也不能落下，给祖宗丢人。萧勇说。

你爸你妈好吧？桂青问。

萧勇拿出手机，给她看他们出去旅游的照片。桂青戴上花镜，把马扎挪到沙发边上，看一张，问一张，夸一张。

萧勇手上揉搓着一串珠子，格楞格楞响，不时还抬手在额头后脑划拉一圈。老锯末看他胸前挂的那个坠子，跟上次的又不同了，红黑红黑的方块，扑克牌大小。

男戴观音女戴佛，讲究啊，你这菩萨开相不孬。老锯末说。

这是关二爷。朋友匀给我的，辟邪。萧勇说，今年生意不顺，老爷子身体也不好，住两回院了。

一家人好好的比什么都强。桂青把手机还给萧勇说，振了，你快看看可别耽误事。

萧勇不在意地答应一声，并没看。

贾秀娟她男的死了，你还不知道吧？老锯末说，清明回大青山上坟看着的，俺老爷子老太太的地和他俩那块挨着不远，打眼一看，他两口子名字都黑了。才五十几啊。

萧勇他爸刚挣钱的时候，贾秀娟和他传过点事，两家挠过大花脸，萧家搬走的时候，贾秀娟她男的还放过炮仗。这些人陆陆续续都不在这住了，故事也少了。

鞠大爷身体还行啊，大青山可不好爬。萧勇岔开话头。

也爬不了几年了，就是去看看老的。老锯末说，送点钱，尽份儿心。

我家买的灵隐千秋，背山近水，利子孙，本来都卖没了，我一个老八匀给我的。人家有眼光，投得早，收得多，这买卖儿和炒房一样，倒手就是钱，你都不知道涨到多少了。萧勇点上根烟，桂青把喝空的可乐罐子放在他跟前，开了风扇，头冲他。

老锯末得意地瞟桂青，一眼一眼的。

他等着我表扬他呢。桂青只好说，你自己说吧。

老锯末拿了一个信封出来，倒出一本宣传册。

我身后不用买地了，昨天去签了协议了，再走个程序就行。老锯末说，这年头，没钱的冤枉，有钱的花冤枉钱。钱埋地里，咱觉得不合算。

这可是大事啊，再想想吧！协议还能拿回来吗？童童姐姐能愿意啊？你不劝劝吗大娘？萧勇嗓门更大起来。

我说不过他，他什么时候听过我的。桂青的双手搭在家居裤上，裤脚重新锁了边，裤上反反复复印着斜排的“sexy baby”，不知是什么来路。

鞠大爷，你是不是让人家蒙了？不信转世投胎么的，也讲究入土为安吧。

让谁蒙？我和国家认证机构签的字，有公章，你看看吧。老锯末来了精神。你上学比我多，这个事儿上不一定有我信息量大。我专门研究过，人，分肉体和灵魂，肉体没了，灵魂根本不跟着。波兰有个人，昏迷三天三夜，就剩下一口气了，魂儿以为他没戏了，就飘走了，在房顶上看着，他遇上那个大夫厉害，又给他救回来了。魂儿一看，弄错了，又回他身上来了。这个人睁开眼，把刚才大夫怎么怎么救的他，家里人怎么怎么哭着喊他，说得一清二楚，旁边人都吓煞了。这说明什么？

说明你让人蒙了，大爷，我查了，没有这么个故事。萧勇在手机上扒拉着网页说。

我这是正规报纸上登的，网上谁都能写，要说权威还是报纸权威。报纸有记者、编辑、校对、主编，网上有谁管事儿？你查的那帖子狗都能发，不能不信，也不能尽信。老锯末竖着一根弯曲的中指，不断点指着两点的方向说，科学证明，魂儿走了，你再好的墓里头也就是一堆烂肉。马王堆够好了吧，金银财宝，穿的戴的，还不是让人挖出来，什么人都能参观。吕后那墓够好了吧，刘备的吕后……

刘邦。萧勇说。

对，刘邦的吕后，手里权力和皇上差不多了，她那个墓了不敌吧，不光金银财宝，穿的戴的，还有绿霉菌护着，挖出来的时候跟十八九似的……

吕后死的时候都多大年纪了，挖出来还能跟十八九似的？

我就是给你说，她刨出来就让人轮奸了，也没落着好。老锯末说，死了死了，什么都没用，不如实惠点。

我听懂了，说到头就是怕给童童姐添麻烦是吧？萧勇说。

咱知足了，老锯末没接他的问话，你看外国，不定是瑞士嘛还是瑞典，他们国家那老妈妈，五六十岁不能生育了，放到深山老林里，还不如我们中国老太太呢。

……那是个日本电影，不是真事儿！有真事儿也是古代的事儿。你说那国家，人家都是高福利……哎哟，大爷，你可别出去说去了！

福利有什么用？也是快绝种了。日本，韩国，都不生孩子，日耳曼人，雅利安人，都得感谢中国人多，进口他们的东西。

你看的什么报纸，我看还不如我妈那个朋友圈。萧勇把笑出来的唾沫星子连汗一同擦了一把，说，桂青大娘，这个事儿还早呢，大爷要是后悔了你就找我，我给你找人，把协议要回来。

他属驴的，就不知道么叫后悔。桂青说。

你算是说对了，没么后悔的。老锯末终于放下手指，拍着信封说，到了那天，我拿着卡，你打电话通知大夫，人家来车拉，家属不用跟着。得快，凉了就不好使了。用剩下的人家还是给烧，末了给我种棵树，树上有我名字，一树一人，骨灰在树坑里，有机环保。别的事你甭管，反正我走你前面，发给我的奖杯就给你了。你这一辈子也没拿过奖杯呢，沾我的光，能拿一个。

小勇你忙就回去吧，这里热，你坐不住。桂青说，你尽着他说，不定还说出什么来。

萧勇答应着，把第二根没怎么抽的烟也扔进易拉罐里。

回去给你爸妈带好，他们有福，多享福吧。以后少往这跑，有这空不如歇歇。

往回撵人就算了，还不让上门了吗？萧勇哈哈一笑，我还想吃大娘炸的花生米呢，一绝。过去大爷就着花生米喝白酒，听评书，一喝一下午，我第一次喝白酒就是他拿筷子蘸给我的。

古井贡吧。老锯末问。

秦池。萧勇说。

我早就换成葡萄酒了，软化血管，帮助睡眠。老锯末说。

萧勇还想说什么，也没说，把串珠套回手腕起了身。桂青趿拉上鞋，送他到门口。

你也该找个对象了，让你爸妈放心。

找了，找了不少。

熊玩意儿，找个过日子的！

真找了真找了。中秋节吧，中秋节带来，你们审查审查。

小勇啊，到时候还是跟我说吧，好提前准备准备，怎么也得家来吃顿饭。给你大娘说了没用，她不记事了。老锯末听他俩站在门口说话，忍不住在门里插嘴。

对面女孩从厕所出来，见了人三步并作两步回了屋。萧勇愣了一愣。这楼上早没什么人住了，更别提年轻人。

不是好人。桂青自认为小声地提醒。

公厕阴凉的骚臭气飘到走廊，水泥台子上是唯一的蹲坑，和一个装满水的褪色塑料盆。抽水箱正在细溜溜地上水，那水量总是不够冲走粪便，得用盆里的水再助一把力。水箱里垂下的抽水绳晃荡着，拉环是个钥匙扣，他记得小时候够不着这根绳，上完厕所冲不了水，老是被邻居骂，鞠大爷就给他接长了一截绳。萧勇又看看以前他家的家门，防盗门爬满了锈，说黄不黄，说黑不黑，酥皮儿一样，碰都不敢碰。再隔壁几家也差不多少，女孩住的那间是顶头，把角堆着各家搬走时遗留的废物，花盆，煤气罐，几根木料，一个老式婴儿车，老锯末家的另外半截沙发也贴墙竖着。它们蒙着油泥，落着灰，挂着蜘蛛网，网上又蒙了油泥，落了灰，一层又一层。霉烂的气味从周遭各处发散着，说不清是来自墙缝里，还是地底下。早该拆了，别处都拆了，怎么就是拆不到这儿呢？萧勇叫桂青进屋，桂青非要送，他只得搀着她，从坑坑洼洼的台阶上走下楼，一路纳闷。

老锯末打开那个黑塑料袋，鱼是真不小，该早一天送来，童童和小苹果就能有个口福，这下只能等他们下周来了。他在冰箱的小冷冻格摆弄半天，最后把棒子粒都拿出来，才把鱼安顿进去。他盯着那盆棒子粒琢磨着，明天可以都炒出来，他和桂青不吃别的，克服几天困难，放不到坏也就吃完了，办法总比困难多。

桂青上来的时候头发湿了，她说想看萧勇的车开上路，雨点子突然就下来了。老锯末倒了点温水，在公厕旁的水池子边给她冲头发，一会儿水冲进耳朵了，一会儿打上的沫子没冲掉浪费水了，冲了多久，吵了多久。冲着冲着对面的女孩出来了。

我帮你吧爷爷。女孩接过水壶。除了搬来那天打过招呼，女孩像是第一次跟他们说话。

我过两天搬去学校宿舍了，房东让我把钥匙留给你们。女孩手稳，声音却有点颤。我晚上在肯德基上班，白天学习，可算考上了。这个楼乌漆嘛黑，我每次回来，想到爷爷奶奶在这屋，我就不害怕了。我得谢谢你们。女孩冲完水，帮桂青把头发擦了，毛巾绑在头顶，又回屋了。

老锯末忘了他回应了什么，还是压根什么都没说。桂青的头绑着打了花的毛巾，像美容院广告里的样子，他差点认不出来了。

她说什么？桂青问，为什么谢咱？

别说话，有个刺猬。老锯末说。

啊？

嘘。

楼道口真的有只刺猬。老锯末脱了汗衫，盖在刺猬身上。他凑近了，顺着一个方向摸着刺猬的背，等了会儿，伸手抄在它肚子底下，抱进了屋。

老锯末给刺猬扔了块黄瓜头，扣在竹筐里，压上块石头。

童童不让小苹果玩这个，说有传染病。桂青说。

她小时候玩，凭么不让小苹果玩呢？老锯末想起闺女那时候刚上学，在班上说爸爸逮了个刺猬，七八个小孩跟她回家看。老锯末跟小孩们说，这是个仙人，是专门来找童童的。小孩都羡慕童童，只有关系好的才被她允许喂刺猬呢。她多喜欢那个刺猬啊。

你等着吧，又得骂你。桂青已经上床了。

老锯末撑着腿站起身，也觉得累了。他躺在桂青身边，没多会儿也睡着了。他听着竹筐里动了一下，像是刺猬跑了，但他实在起不来了，挣巴好一会儿，又听见童童说，跑的是她那只。童童没了那只刺猬，缠着他再逮一回。老锯末好容易又逮了一只，回来路上就死了，没敢让她知道。后来她也不带同学回来了，也不再叫爸爸了，她说一天都不想在这里住，她的同学笑话她住在火柴盒里，这个楼再不拆，她就把它炸了。他看见她和小勇争着吃刚出锅的炸花生米，她两手各拿一双筷子飞快地往嘴里夹着，足足比小勇快了一倍。咱家童童多聪明啊，老锯末扭头说，却没看见桂青。桂青是不是去接童童了？外面可下着雨呢。老锯末举着一把伞骨戳在外面的格子伞，拎着闺女的小花伞，在雨里到处找她们娘俩。他看见童童跟同学一块儿站在学校的房檐下，踩着水花朝她跑去，童童瞥了他一眼，拉着同学的雨衣冲进雨里。老锯末追啊追，气也散了，腿也麻了，只能躺倒在地。他闭着眼睛，感到闺女软乎乎的小脸凑近亲了他一口，再一睁眼，亲他的原来是只刺猬。他想起身找闺女，刺猬却爬上了他的头。他的头针扎一样疼起来，千万根刺钻进头皮，发出锐利的摩擦声，像童童那辆坏了的电动车吱吱呀呀，他还是没能给闺女换上新的，这辈子到底没顾好她。他撒开手，那柄破伞在风雨中被撕扯着，露出截截锈骨。

萧勇顺着树林走了许久，也没看到桂青大娘说的编号，手机没信号，想打个电话问问也不行。千篇一律的柏树，只有树干上的牌子刻字不同。他只顾看字，没注意方向，走着走着又看到刚才见过的名牌。萧勇想了想，干脆蹲下身，把花环和一盒月饼放在树底下，蹲下才注意到，不远处有棵树下也放着供果。

3048 龚庆西老师，我来找鞠孟，没找到，麻烦你老人家给捎个话吧。他六十来岁，不到七十，新来的，能照顾的照顾一下子。萧勇念叨完，给这位树主点上根烟拜了拜，想起林子里点烟危险，又掐灭了。

萧勇站起身，往树林外走去。鞠大爷，你肯定也信这套，你要不信，怎么清明节还去扫墓呢。绿意从容，秋风坦荡，那缕烟软趴趴的，贴着地，拐个弯，很快没了。

推冰人

周三上午是超市购物的最佳时段，这一周所有打折商品刚刚被码上货架，半价标志明黄扎眼，看一眼就不自觉地伸手过去。辛荻停下购物车，在自动收银台逐个扫码，左右手交替，凑齐三十块便结账一次。她早已心算明白，这些东西统共一百二十几，分四次结，能拿四张小票，满三十块的小票附赠一张每升汽油便宜四十分的优惠券，加上兜里的一张，一会儿去加油便能省下两块。送餐工作已让她比普通家境的留学生阔绰许多，这唾手可得的小乐趣仍值得稍加算计。

她把东西载回家，胳膊上加了遍防晒霜，换上隐形眼镜，重又出门，朝艾萨克比萨店开去。她戴框架眼镜看上去年岁更轻，加之骨架细窄，几次被认成中学生。偶尔发了戴眼镜的自拍，平常只点赞的男同学还会多说一句“好萌”。辛荻不愿意“好萌”，也就不愿意戴眼镜。

四十摄氏度的气温下，日光如一道漫长的闪光灯，捕捉到所有路人眯眼皱眉的窘态，整个街道被合成为一张失败的集体照。辛荻皱着眉拐进野马街，便看到店门口停着的警车。

她的老板艾萨克正用冰袋捂着右臂，跟满脸通红的老蒂姆·里奇一起，站在两个警员中间。联排别墅里出来一个老太太，撑着助步器探头探脑；住在岔路口那个一天到晚修屋顶的瘦老头也弯着腰来了，腰上挂着稀稀拉拉的五金工具，叮当作响，光亮刺目。左撇子法比奥·曼尼奇像是得了消息刚刚赶来，也不管车前轮已经轧上路缘，随意停下就大步走来。辛荻盯着雷达倒好车，才注意到他还在车前挥舞着双手，正指挥她打轮呢。

艾萨克正跟警员重复案情，说是重复，是因为那番话显然说过了，却并不被采信。两个警员都放了汗，年轻的那个只是叉起腰，让偶一为之的风从腋下钻过，年长些宽脸的那个汗珠尤其淋漓，淡金色满腮胡间密密闪光。

艾萨克不耐烦地解释："我说过了，只是两个孩子。没有财产损失。"

宽脸警员道："这和报案人说的可不一样。如果你愿意，我们可以单独聊聊。"

“没什么好单独聊的。我保证这里已经没事了，已经有一炉比萨毁了，我中午还有活要干。这种事天天都在发生，如果每个人都报警，你们得多招一倍的警察才行。”

两个警员凑到一处，低声商量了些什么。

艾萨克忽然提高声音：“不信你们问他。”

两个警员看着被艾萨克任命的人证蒂姆·里奇，老蒂姆也在艾萨克的眼里看着自己。

艾萨克把冰袋扔在蒂姆手里：“他刚才就在店里吃饭。”

老蒂姆颇见局促，冰袋到了他的手里，水滴得也格外快些。他很少被这么多殷切的目光注视，张着嘴呃呃几声，透过窗户指着他的比萨道：“没错，那就是我刚才吃的，蘑菇比萨，还剩四分之一，或者三分之一，对我来说这是从没有过的事……”

警员的沉默迫使老蒂姆回过头。

辛荻侧眼看去，身边的法比奥直勾勾地盯着蒂姆，似乎希望他说出什么，又知他决不会说，嘴唇半张，只恨不得被质问的人是自己。

“……然后来了两个年轻人，在店里点了两份外带半月比萨，你们真该闻闻它们刚出炉的香味。”老蒂姆咽了口口水，“他们不但不想付钱，还想讨点便宜。那时候前台只有高，所以艾萨克急着从后厨跑出来，好像打翻了什么东西砸到了自己，出来后他们争吵起来。后来的事你们都听了几遍了，两个坏小子把比萨扔在墙上，还想打碎店里的玻璃展柜，见艾萨克要回后厨拿家伙儿，立刻就跑了。若是我……若是艾萨克年轻二十岁，报警的一定是那俩孩子。”

高在老蒂姆讲述期间不断点头，带着惊魂未定的真挚。高优真是店里的服务员，是拿打工度假签证在这工作的韩国女孩，英文水平只够应对面对面接待客人，电话订餐便时有疏漏，及至这样突发的场景，已紧张得什么都不剩了。辛荻有心安慰，可高站在事件中心，她不想上前。

宽脸警员让艾萨克在记录仪上签了名，又把签字笔递给老蒂姆。老蒂姆胖胖的手指捏着半支烟长短的笔没动。

宽脸警员提醒道 :“老兄，再看看你说的话，要是哪里跟事实不符，我劝你可别签字。”

老蒂姆忙捏着笔写下名字。

艾萨克·埃斯波西托的比萨店开了快三十年，七八年前搬来野马街。他接手这里时在厨房狠下了番功夫，店面却草草装修，如今已没有一处新了。辛荻擦拭着墙上地上的酱汁，艾萨克一声不吭进了后厨。零星有客进来，高忙堆起笑容。

老蒂姆像黄油进了锅一样瘫化在卡座里，法比奥踢开他的脚坐在对面。

法比奥哼了一声：“你不该做伪证。”

“艾萨克不会让他的小宝贝儿进监狱的，说实话什么问题也解决不了。”

“你是怕艾萨克不让你进门吧。”

老蒂姆并不反驳：“只要别让我放弃这儿的比萨，我愿意承认莫里森是史上最好的总理。”

“问题的关键不是你，是艾萨克。他得做点什么了，那个小畜生没希望了，他却还有些日子好活。”

“这得他自己做决定。俗话说，‘不询问的就别给他任何忠告’。”

这时辛荻把法比奥点的套餐放在桌上，又给老蒂姆重新上了一份蘑菇比萨，说是补偿他没吃完的那个。老蒂姆高兴得举手直喊上帝。

辛荻又去问候了高几句，高挽住她，低声道出辛荻早就猜到的实情。克里斯又是一大早就来店里打劫了，还要砸开墙上的展示柜，艾萨克是为了制止他才受伤的。

平日话不多的高竟一时停不下来，辛荻胳膊被不熟的人挽住，整个人都不自在起来，透过厨房的玻璃窗，能看到艾萨克格外地忙碌着，似乎要靠自身高速运转摆脱掉什么。外卖订单一一出货，辛荻得了机会拆开高白白软软的小手，装好餐盒出门，一头钻进她炼丹炉一样的丰田车里。

近两年华商花了大价钱推广外卖软件，市区餐饮早已被不舍昼夜的疯狂骑手占据，而栗子镇的居民还是习惯给餐馆打电话订餐，甚至到店打包，好像这是保证口味的步骤似的。介绍她接手这工作的学姐分享过不少亘古不变的经验，谁家吃到橄榄会破口大骂，谁家的狗远远闻到香味就激动得跃上篱笆，谁家总把钱放在门口的地垫上，从不露面开门。工作很累，学姐告诫辛荻别给她丢人，话里话外是对这家店的骄傲："你看那些意大利老头就知道了，艾萨克在哪他们就在哪，老艾家是咱们这最正宗的比萨。"辛荻也吃得出艾萨克的手艺不一般，可那些打着游戏往嘴里填塞食物的年轻人吃不出。星罗棋布的连锁快餐像一颗颗楔子，让艾萨克本已稀疏的客群分崩离析。

况且艾萨克连最基本的和气都算不上，天黑得早要骂，天黑得晚也要骂，店里飞进海鸥要骂，垃圾车来晚了要骂，他在后厨训斥那两个永远记不清步骤的希腊双胞胎男孩已是常态，高甚至还被吓哭过。久而久之，连他努力招徕客人的样子都显得不怀好意，仿佛你前脚接受了他的当日推荐，后脚他就会暴怒，把整个铁盘扣在你头上。

回程的高速公路风景鲜有变化，漫无边际的树林和牧场偶尔会让她忘了身在何处。路边竖立着三层楼高的广告牌，提醒司机不要疲劳驾驶："猫有九条命，你只有一条”；“十五分钟小睡，能换回你的余生”。一定会有人识劝地把车开进那片树荫休息吧，辛荻却不在其列，还有一个多月就毕业了，想到要跟妈妈坦白她擅自换了专业的事，什么困意也没了。在文总的设想中，女儿会仰仗她慧眼选中的专业顺利取得工签，与她朋友们介绍的青年才俊携手留居共享繁华，成为文总人生赢家的又一佐证。

辛荻回到店，果然赶上艾萨克又在门口咆哮：“如果你只是爱吃肉，就去吃肉，我的比萨可不是垃圾桶，不能你想要什么都往上扔！”

三位四五十岁的女士，互相搀扶又互相拥挤着落荒而逃。

艾萨克犹不满足：“如果不知道什么是好吃的比萨，我劝你还是去好事多买一个，用你倒霉的烤箱加热，省下的钱足够你们三个胖子再吃几个甜甜圈！”

女士们已过了丁字路口走进另一条路，其中一个嚎叫了一声，似乎想冲回来理论，被另外两人架住胳膊往前扭送。

其实辛荻本该拿回一个被拒绝收货的比萨。那顾客掀开盒子看了看，抱怨饼底已经湿了，又从她手里要回了钱。辛荻决定掏钱补上账，不把这事告诉艾萨克。她宁愿自己多花十几块，少听一点牢骚。不用想也知道，艾萨克必定会说："我早就说过，住得太远就不要点薄底多汁的比萨和奶油煎饼卷这种东西。但凡没有生褥疮的人都该挪动自己的屁股，到店里坐下好好享受。美食的规矩是人等食物，不是食物等人。"只能怪她和高多事，见艾萨克为钱头疼，总瞒着他把这样的单接下。

店里暗得像是没在营业，只有展示柜里的射灯亮着。艾萨克从咒骂中平复喘息，把加文和格雷让进门，打开了顶灯。这兄弟俩从小就一起看电视吃饭，尽管每周都有家族大聚会，他们还要单独约着吃比萨，看各种体育比赛，据说这习惯保持了几十年。他们常不管不顾地争论起来，据说最严重的那次，艾萨克给他们的老母亲打了电话才得以平息事态。

艾萨克核对完送餐账目，反身回厨房给辛荻拿了员工餐。辛荻在厨房门口望望，下午那湿布下只盖着一盆面，底气足的时候他会足足备出三盆。好在加文这哥俩胃口极好，也从不小气。不像老蒂姆，点得少吃得慢，还总是抱着他的酒瓶，一会儿讨一颗鸡蛋，一会儿蹭点柠檬汁，或者干脆让他们在后厨帮忙做一杯简易蛋酒。老蒂姆声称从阿根廷转道而来的意大利人一辈子离不开皮斯科酸酒，这话她可不知道真假，毕竟他还说中国人最喜欢的音乐是巴萨诺瓦呢——尽管他只去过一次中国，耗时五天，大部分活动区域在后海和三里屯。

文总说过今晚要聊聊天，运用艾萨克逻辑，辛荻要想不挨骂，只能她等妈，不能妈等她。一等二等，打来的却是妈妈的司机程叔，原来文总跟老于还在饭局，已经喝了不少，预计还要喝不少。

程叔本是妈妈单位的司机，妈妈单干了，程叔便是妈妈的司机。辛荻记得程叔常来接送她上下学，总被别的小朋友们认作她爸爸，辛荻也一直以为他乃下任爸爸，至少也是提名爸爸，直到妈妈和竞争对手老于忽然成了合作伙伴兼男女朋友。许是这段前史作祟，文总事事处处同老于较着劲，老于的女儿在加拿大留下之后，她就要求辛荻也留在澳大利亚。

辛荻把那盒退回来的比萨放进微波炉转了转，饼底浸饱了番茄汁，口感让她想起姥姥做的肉馅焖饼。舅舅爱吃炸丸子，姥姥就隔三岔五做，多的肉末就给她焖饼，有什么菜放什么，西红柿是她最爱吃的。一直玩游戏的室友闻见香味出来觅食，辛荻便把那盒员工餐送给她，回屋却发现错过了文总的电话。

再拨回去，难免先是一段抱怨，文总说："刚好卡在零点，不算我爽约的哦！"她亢奋的语气像是完全忘了辛荻这儿已是夜里三点。文总一个月以后要来参加辛荻的毕业典礼，现在已经开始安排辛荻为她——确切地说是为她的朋友置办澳大利亚特色的礼物，因为"我女儿在墨尔本，很方便"。辛荻不厌其烦地重提她不在墨尔本，住的地方开车到墨尔本市区要一个多小时。

那边传来文总的打火机声和她含混的话语："不好这么讲，大城市呀，上海人上下班都要多少辰光哦。"

熟悉的卷烟气味好像近在眼前了。

“不是你是上海人，是我爸爸是上海人。”

对面的人像被触动了什么加速开关，刚才的悠悠之态全然不见，口音浓度又重新经过调配：“我户口在上海，公司在上海，房子车子在上海，上海话比侬灵，讲普通话人家也问我是不是上海人，我哪能不是上海人啦？我丢忒（了）全公司的事体，飞十几个钟头去看侬，侬帮自己妈妈跑一趟阿不情愿的咯？我送伊拉（他们）礼物组撒（做啥），还不是替侬铺路子哇？侬整天在那个破地方打工，能认识什么人？都是躺在家看电视的废物呀！阿是拎勿清？侬自己讲，那日我微信侬，侬不响，拨（给）侬打电话，接起来的是谁？”

“我老板。这个电话只有订餐的人打，朋友老师都不会打这个。”辛荻说完自知失言。

“侬同我留的是工作电话？”文总不依不饶，“侬不要搞错忒心思，那个老鬼六十几岁总有的吧，那帮洋人，专门盯牢侬这种想要身份的小姑娘。”

辛荻只觉得头鸣胃酸，直像有人掀开她的天灵盖又啐了一口。

“介绍几个有绿卡的年轻人，妈妈还是可以的。听了外人的话，搭钱搭人，那就是戆了……”文总喘了口气又说，“这种事体还少了？洋人谈好不碰侬，今朝讲怕人多嘴举报，明朝讲移民官问了细，三搞两搞嘛做戏就做成全套了呀，侬寻啥宁（人）哭呢……”辛荻一直没应声，那头还在说：“又不是在触侬霉头，这都是经验，要侬小心呀！反正我这颗心操碎脱（掉），侬也不领情……”

辛荻把听筒消了音，插上充电线，扣在床头柜，埋头睡去。文总自有她的本事，没人回应也能滔滔不绝，她不用做那个挂电话的人。

今晚艾萨克比萨店没开门，改去夏季夜市出摊。镇上有音乐节在附近举办，想必人流量不差。这种活动艾萨克过去从不参加，事前艾萨克焦头烂额地收拾、排班，还是高细心统计好所有人的时间，在他发疯前安排妥当。

“到时候提醒我还要带上什么。”

高甜甜一笑：“你的微笑。”她两手分别捏着拇指和食指冲他比心。那会儿辛荻和希腊双胞胎都没憋住笑出来，目送艾萨克黑着脸走开。

现在辛荻可没心情玩笑了，因为那通电话，她一夜没能睡好，白天又有课，赶到摊位就套上工装，一句话都不想说。希腊双胞胎只来了安迪一个，他们哥俩不但外观雷同，声音相似，连性格动作都如出一辙，兄弟俩站在一处，像是一个人和他玻璃门上的影子。白些的那个是哥哥安迪，而弟弟赛奥的下巴更宽实，这是辛荻辨别二人的秘籍。店里不忙的时候，他们就一模一样地坐下来，闹着让脸盲的高优真猜谁是谁。可爱的高如同宠物视频里的小狗，永远猜不中好吃的在主人哪只手里，越是屡屡猜错，三人越是喜笑颜开，也不知是谁哄谁玩。

艾萨克人不老，背影却老，此刻他在帐篷外撑着腰静立，明明还不满六十岁，看体态说是位老者也不为过。只有忙碌起来，那股寂寞才能倏然退去。人流由疏而密，人声渐次嘈杂，艾萨克始终没有机会忙碌。年轻人争相购买的，是佯装悬在半空的魔法拉面，点缀着冰激凌和水果的金色松饼，还有被素食主义者追捧的甜豆花。诚然他们买这些绝不是为了吃，是为了照片下多几个赞。

艾萨克回身把锅碗瓢盆一顿敲打，指着外面举着手机相机的游客说："这些人只长眼睛就够了，不需要人的舌头！"

辛荻也憋着火道："这个夜市的情况资料里都介绍过了，你没做调研就参加，难道是客人的错吗？如果你生气能让别人掏钱，你尽管去向游客发火好了。"

艾萨克愣了一会儿："小姐，不如我把比萨烤出些香味来，你去拿给他们尝尝。"

辛荻本想惹得艾萨克崩溃，趁机大家闹上一闹才痛快，对方吃了气竟立刻指使她干活，反叫她意外。辛荻脸沉着，艾萨克也不说话，安迪在后面哼了两句歌，又在这气氛下戛然而止。辛荻回想刚才没来由的火，暗自尴尬，大概是因为文总昨夜那些无端猜测，让艾萨克因为不知情的污蔑受了她那顿抢白。

辛荻捧着试吃盘招徕客人。小小的帐篷门口人群涌动，原本属于他们的地盘沦为供人穿越别家长队的通道，她被挤得晕头转向，手中的盘子突然被人整个抄走。

老蒂姆扛着他的外孙，端着她的试吃盘，正假装狼吞虎咽往嘴里猛塞，逗得外孙大笑。加文和格雷两人带了共七八个孙辈，小的摇摇晃晃，大的已经是中学生的样子。

艾萨克惊喜不已：“你们这些老头不是应该在家打瞌睡吗？”

蒂姆颠一颠脖颈上的小男孩：“别瞧不起人，我们平均下来年轻着呢。”

艾萨克和老伙计们一一拥抱。

法比奥看着艾萨克的脸，面无表情地说：“你应该睡一觉了。”

艾萨克耸耸肩：“剩下的面团比我的枕头还大。”

艾萨克挑了些适合孩子们口味的比萨切成小块，帐篷口也热闹起来。趁这会儿，辛荻拿出平板电脑，用荧光色写了中文字牌：“大洋洲最佳比萨获奖者，意式手工打卤馕”。熟悉的老梗果然逗笑了中国学生，他们三三两两停下，让字牌和它后面严肃的白人大爷同框，不少人拍完照探头探脑地选一块，托去安慰在网红店饥肠辘辘排队的同伴。

法比奥对字牌上的中文十分好奇，问辛荻写了什么。

辛荻答："物美价廉，欢迎品尝。"

艾萨克面无表情地看着牌子："不可能。"

辛荻只好承认写的是大洋洲最佳比萨云云，那奖状是她在展示柜看到的，柜子里占地最大的格子放的是一顶摩托车头盔，头盔上方便是这张奖状。跟柜子里的照片一样，那奖状也有些年头了。

"收起来吧，那是很多年前的事了，你现在写，就等于撒谎，我的食物不需要撒谎……"艾萨克把平板电脑塞给辛荻，远眺拿他的比萨充饥，以等候网红食物的顾客们，"……也不是什么军备粮。"

辛荻是这群老客最喜欢的服务员，高手脚比她麻利，人也更体贴，但是他们爱跟辛荻聊天。辛荻冷淡又快速的回应像是长在老家伙们的笑点上。也许比起好的服务，他们更怀念被年轻女孩撅回去的感觉。

蒂姆打抱不平："辛荻是好意，你应该知道。"

艾萨克没再说话，回帐篷里沉默地忙碌着，门口的老老小小着意热闹，到音乐节开始，人群渐次散去时，备料终于所剩无几。孩子们熬不住，加文和格雷已带着他们回家了。老蒂姆指指趴在他肩头睡着的外孙，挥手告辞而去。

法比奥留下帮忙收拾，艾萨克几次抬头看他，不好意思张口。

法比奥头也不抬："我不是免费劳工。最后那张比萨，我得带走。"

托儿不可能天天有。艾萨克有心放弃夜市，但已经签了五日合同，只好兵分两路。接下来他每天带一个人摆摊，其余人轮流守店，起码不能丢了外卖的生意。临时被叫来的高只好把她买的药妆和保健品收拾好，拜托辛荻送完货帮她寄出。她知道中国人做代购在行，开始做这行时跟辛荻打听过很多窍门，而今已经是位熟手了。

艾萨克嫌恶地看着一地杂货："你就这么缺钱吗？"

高满脸涨红。

辛荻替她反唇相讥："没有你缺钱。"

艾萨克霍然站起，目标却是门外几个把易拉罐踢得叮咣乱响的街头少年。高担忧地拉住辛荻的衣角，生怕两人争吵，见艾萨克又忙着去别处生气，才朝辛荻大松了一口气。

不久艾萨克他们出发去夜市了，平日熟视无睹的地方因冷清显得格外陌生。高低头在手机上忙着，不知是在买东西还是卖东西。辛荻俯在晶亮的展示柜前，仔细辨认那头盔上潦草的签名，只拼出瓦伦蒂诺一个词。最佳比萨证书旁边的照片，就是一位摩托车手亲热地搂着艾萨克，车手说不定正是头盔的主人。另一张照片里的艾萨克更年轻几岁，看上去是他们全家在之前店铺门口的留念。最下面的相框跟前两张隔得老远，里面放的不像照片，更像是杂志上剪下来的组图，主人公是一个浅色衣裤的男子，第一格是他在烈日下躬身推着一块巨大的长形冰块，后面几格图冰块越来越小，最后一格只剩地上的小摊水渍。辛荻正盯着这张格格不入的图片出神，电话铃声一响，她和高都吓了一跳，又同时笑起来，歪在沙发上偷闲的赛奥伸了个懒腰，重新回到后厨。

夏日的黄昏过了八点半才缓步而来，落日反复吞吐着金光，拖延着不肯一口气下山。赤霞浓烈的颜色在半粉半紫的天空缓缓稀释，等候深沉的墨蓝徐徐降下。辛荻的最后一单收货地址是公园，那里偶尔有人野餐，所以也并不奇怪。

辛荻下车，打开后备厢埋身寻找比萨盒上的联系人电话，忽然被人卡住脖子朝后倒去，一只毛发粗重的手攥住她的嘴，她被拖向树林更密处，腿脚被草叶下的石头摩擦着。尽管难以呼吸，男人身上古怪的臭味还是直冲鼻腔。她听到后备厢门砰的一声被关上，刚才不知躲在哪里的克里斯红着眼朝她走来。

克里斯叫道："嘿！她不会跑的。"

毛手一松开，辛荻一下跌倒在地，爬不起来。

克里斯蹲下说："别怕，我只是来取我的钱。"

毛手的余威似乎仍横在她的喉头。辛荻脑中空空，喘着问："什么钱？"

克里斯不耐烦起来："当然是比萨店的钱，难道我还要你的钱吗？快点，艾萨克要给我钱去康复理疗营，你不知道吗？"

辛荻摇摇头："那我问问……"

辛荻伸手要抓手机，被克里斯抓住手腕往后一拧，手机掉在地上。

"依我看完全没有必要。"克里斯的脸猛地凑近，浑浊的眼睛散布着红丝。辛荻身子一缩，慌忙点头，伸手想把斜挎的包带越过头顶取下。克里斯按住她手，直接拉开拉链，掏空了所有钱。

克里斯晃悠着站起，身子打着战："够不够？"

毛手抓过钱，丢给克里斯一个透明袋子，自己点上一根烟："跟她说清楚，店是你的，钱当然是你的，你真该自己接手那家店，就不用搞得这么麻烦。"

克里斯唔唔有声，手忙脚乱，良久，发出一声仿佛原谅了全世界的叹息。毛手踏过草地走了。太阳彻底落尽，风像是怕黑一样，一秒钟就凉了下来。克里斯躺在草坪上，针管扔在她的手机旁边。

辛荻捡起手机起身。

克里斯闭着眼睛说："老头子生意不好啊。"

克里斯听出她停住脚步，微笑着把手伸给她让她拽他起来，被她拉着行了两步才睁开眼。

辛荻和克里斯并坐在车里，克里斯抖着细腿喝了大半瓶矿泉水。她看见支架上的手机屏幕一亮，是高下班还没见她回去，发来问候信息，眼泪这才簌簌掉下来。她想将他赶下车，又想起那条瘦胳膊抓她时惊人的力道。

克里斯忽然嘘了一声，眼神放光："纵火犯来了。"

一只硕大的黑鸢衔着尚未熄灭的烟头，落在不远处的树丛，用喙衔来草叶覆盖。

辛荻含泪顺着那目光看去。

克里斯随口说："这里的鸟跟澳大利亚人一样善于烧烤，它们用火种引燃树林，等那些跑得慢的动物被烧死，就足够饱餐了。"

"着完火，林子不就没了吗？"

克里斯望着她，像是看着一个蠢货："但是鸟会飞啊。"

细细一缕烟从林子中荡出来，辛荻回过神，想夺过克里斯手中的水。克里斯骂了一声，下车又拿了两瓶水，跑过去把火灭了。随后他好像把她忘了，自顾自朝公园外的主路走去。辛荻缓缓开着车跟在后面，不敢从他身旁驶过。

克里斯扭头喊："别跟着我了，快点回去，准备好听我爸怎么骂人吧。对了，你有橱窗的钥匙吗？"

辛荻没反应过来："什么橱窗？"

车开到路口，正是绿灯亮起，克里斯在黑影里挥手赶她快走。辛荻开出去良久，才发现大大超速了。

店已打烊。艾萨克正在盘着账目等她，见辛荻手中拎着比萨盒进门，问："又是哪个混蛋定了餐不要吗？"

辛荻见了人，身子更抑制不住地抖着，疼痛从四面八方钻进来，手里的盒子掉在地上。艾萨克撞开桌子，抢在她跪倒前把她扶上椅子，打开大灯，才见她脸庞灰青，新泪冲开旧痕，滚滚而下，牙齿咯咯作响。

艾萨克看到比萨盒子上留的电话号码，愣在当场，转身进厨房，拎了一柄刀朝外冲去。

辛荻强挣着起身："艾萨克。你快回来！快回来！"

辛荻拽回艾萨克已是筋疲力尽，只好用脚把椅子钩来，重重跌坐，手仍死死拉着他。

艾萨克只得坐在她对面："他伤到你了吗？"

辛荻摇头："只拿了钱——今天所有外卖的收入，和带去的找零。"

艾萨克稍显放心，盯着桌上的刀说："孩子，你要是出了事，我该跟谁忏悔？"辛荻的手还抓着他的胳膊颤抖，艾萨克的声音几乎是从喉咙里挤出来的。

搭上突如其来的这声"孩子"，辛荻刚收住的泪又成串地掉下来。

"你要记住，也告诉高，那个号码接都不要接。"

辛荻点点头，由着艾萨克把她身前敞口的挎包封上拉链，叮嘱她回去休息。辛荻在文总那惭愧惯了，不惯于看人惭愧。想到以后要跟这个面对她就惭愧的人共处，心里已经绞扭起来。

艾萨克并未因此"改邪归正"。时隔两天辛荻再到店里，艾萨克正像往常一样咒骂一切，好像几天没有正式营业，这家店已被他们这些人糟蹋殆尽似的。

艾萨克抖开新洗好的围裙，干掉的纸屑和纸疙瘩从围裙口袋里毛毛絮絮地掉落。定睛一看，前几天他总喊找不到的那个进货本可算有了下落。

众人装作不见，四散工作。艾萨克也暂时息声，只管把展柜边边角角抹个干净。

老蒂姆他们四人约了在艾萨克这看赛马转播，早早摆出要坐几个小时的样子。加文和格雷捏着彩票面对电视，他俩投注最多，明显比别人紧张。辛荻先为蒂姆端上他的玛瑞纳拉，浓烈的香气比辛荻更先走到座位前，老蒂姆翘首以待，喉头已微微滚动。

“蒜放了双倍，没有让艾萨克看到。”辛荻压低嗓音逗他，像是瞒着老板给了他天大的好处。

“我的好辛荻，你真是太好了！”蒂姆感激不尽，“你应该嫁给世界上最好的小伙，最好是住在栗子镇的意大利小伙，最好还是一个厨子！以后我就去你们的饭店吃饭，再也不用见艾萨克了。”

“住嘴，你这是骚扰。”法比奥制止道。

蒂姆不以为意地撇撇嘴：“我有两个女儿，我知道开玩笑的度在哪里。”

门一响，一个穿帽衫的苍白女孩晃进来，后面跟的是克里斯。辛荻猛一见他，打了个激灵。

克里斯缩着肩进了门，进来便一下子舒展开，给女孩指点道：“大洋洲最好的比萨。”

女孩咕哝：“就是这儿？我以为这是座危房。”

艾萨克看到克里斯，从厨房出来，把辛荻拉到身后，他恼怒的神情在看到苍白女孩后一扫而光，忙招呼他们落座。四个老头那桌从刚才的大呼小叫急转寂静。

克里斯印着夜光纹章的手在桌上急促敲着，腿在桌下以另一个节拍抖动着，丝毫没有与艾萨克相认的意愿。

“随便点，这是我的店。就当庆祝我们第一次约会。”克里斯把餐单推过去。

女孩皱眉：“我从来没说过这是约会。”

艾萨克站在一旁热情洋溢：“那就尝尝我们的招牌吧？”

女孩不置可否。

克里斯说：“两种都要。做得大一些，我们很饿了。”

艾萨克得令而去，略显亢奋地忙碌。他看到躲在厨房的辛荻，停下手面露歉意：“你不用出去了，外面没有别的客人。”

辛荻在那神色里读出一些取舍，点头识趣地靠墙而立，看着他把饼底做得比通常大了许多，东走西顾，又是抖多了奶酪，又是险些碰倒番茄汁，终于把饼送进心爱的樱桃木火炉，目光温柔，像看着他熟睡的婴儿。

克里斯抗不住饿，给自己和女孩取了些甜点，整块塞进嘴里。等比萨上来，两人早没了胃口。艾萨克似是一名等待考卷成绩的小学生，侍立桌旁。

“如果这能得最佳比萨奖，必胜客就应该得诺贝尔……诺贝尔美食奖。”女孩只吃了半块，就丢回到托盘里，手指在牛仔裤上正反蹭了两下。

两张远低于惯常水平的特大薄底比萨占满桌子。艾萨克本就局促不安，听了女孩的话已是结巴：“我再去做一份，这比萨不是我通常做的尺寸，火候上……”

“重做一遍有什么区别？你做了三十年，改进过任何一点吗？”克里斯沉声打断他。老头那桌的客人都朝这看过来。

艾萨克憋红了脸：“对不起。”

女孩往后一仰：“没关系，我吃过更难吃的。”她不再看艾萨克，用力打了一个哈欠，红肿变形的牙龈暴露出来：“你们可以换个厨子了。或者，我可以换个有真正食物的地方。”

两人起身往外走去。艾萨克小步跟在克里斯身后问：“我还能为你做点什么呢，孩子？”

“不如尝试从不给我丢人开始。”

窗外，克里斯追上那个比他还高的女孩。艾萨克顿了顿，返身跑去收银机里取了钱。店里的人看着他追出去，把钱塞进克里斯手里。艾萨克再回来时，电视已经被关掉了，辛荻也从后厨出来，所有人都盯着他。

艾萨克假装不解，伸手要去取遥控器：“为什么不看了？”

格雷摁住他的手："我们兄弟自认为爱赌，也没有像你这样把命押上过。"

艾萨克说："谁没有年轻过呢，我那时候也整日胡闹过，三十岁一到，自然开始好好生活……"

加文打断他："你那时候的女朋友可不是海洛因。"

艾萨克无力地讪笑。

法比奥慢慢地说："我有两个孩子，一个早年跟我断绝了关系，一个没有，你知道他们的区别是什么吗？没断绝关系的那个，给我的圣诞卡片是手写的。"

艾萨克脸上的笑意一点点消失了："我以为这件事我们谈过了。"

法比奥提高了声音："是的，我的态度从来也没变过，要么把他关进戒毒所，要么忘了那个吸血鬼！我不想再把我的钱给他！"

艾萨克恼了："那不是你的钱，你的钱买了比萨，那是我的钱！"

法比奥抓住艾萨克的领子："那你就自己花掉它！"

蒂姆用双手掰开法比奥："你们坐下来好好谈。"

法比奥挣开蒂姆："你又来了！我不像你，我不吃这破比萨也死不了。"

艾萨克也猛地一甩蒂姆："没什么可谈的，别以为我不知道你们已经勾结好了。"

三人掰扯着，拧作一团，撞在展示柜上，里面的照片咚的一声，随着玻璃的振动掉了下来，艾萨克的脸色更加难看。

蒂姆两头受气，干脆撒开了手，带着哭腔问："你还记得自己是谁吗，我的好兄弟艾萨克？在我们的十几岁，二十几岁，三十几岁，我都想过，天哪，我要是艾萨克该有多骄傲！全天下最好的男人，是怎么变成这样的？你为什么不能为自己想想？"

蒂姆胖胖的脸上，坠下胖胖的眼泪。加文摇头叹息。格雷拍着蒂姆的背，等着艾萨克回应。

"我不需要你们来指导我的生活，如果吃完了，请你们离开吧。"艾萨克打定主意，谁也不瞧。

"过去我恨他，现在恨你。"法比奥彻底平静下来，拿出饭钱放在桌上，头也不回地离开。

余人默默，也把钱放在桌上，随之离开。吊扇转动，没压好的钞票一张张飞起来，又落在地上，飘进别的桌子下面。不知什么时候来的高远远站着，不敢近前。

艾萨克清清嗓子："今天排你的班了吗？"

"艾萨克，我是来辞职的……"高硬着头皮，声细如蚊，"我男朋友在果园的工作结束了。剩下的半年，我们想去黄金海岸，等这段行程结束，我们就回国结婚了。我应该提前说的，如果你因此要扣除我的工资，我完全理解……"

"你的确应该提前说。"艾萨克撑着桌子起身，走向收银台，看到没关的抽屉，才想起店里已经没有一分钱。

辛荻翻出自己的钱包递给他，里面有艾萨克今天刚发她的工钱。艾萨克迟疑了下，接过来，数出高应得的钱，想了想又给辛荻放回去两张，俯身在地上捡了刚才吹落的钱凑足。

高迟疑地看看二人，接了，谢了，又去跟辛荻拥抱了一下，悄悄做了个电话联系的手势，脚步无声地走了。

“轮不到你用那种眼神看我。别以为你比我过得好，只不过我的烦心事你看到了，你的都藏在心里对谁都不敢说，不是吗？”艾萨克越发滔滔不绝，“你也想走了吗？不如一起走吧。像你这样的留学生，每年都有很多。这份工作换了谁都一样，要是狗会用导航开车，狗都干得了。”

“不要着急，都会走的。”辛荻不觉刺痛，反觉得十分有理。

“欠你六百一十一元。”艾萨克把钱包还给她。

文总再次打来电话，是取消行程的。下月有一个高峰论坛她必须参加，辛荻在澳大利亚的时间还久，不怕以后没有机会来。“和美医院的林阿姨侬还记得哇？伊拉儿子也在墨尔本，听说单反玩得蛮灵的，刚好帮侬去拍毕业照片。我把微信推给侬……”

客厅里堆了室友一万本崭新的雅思考试书籍，和她打包要捐掉的旧衣服，想来她是准备走了。辛荻走进家门，跨过路障，打算回到自己房间再答话。

“……跟侬同一个专业，也有共同语言。就算处不来，侬也少死样怪气，往后我同林阿姨还要来往的。”

“我们不会同个专业。”辛荻脱口而出，说完自己也愣住，却只好硬着头皮说下去，“我早就换专业了。”

“……还是移民专业吗？”

“是。”

“那就好。林阿姨这个儿子哦……”

“学前教育专业。”辛荻说完，只等母亲发作。

电话那端沉默良久，果然口音一变：“你主意很大啊！过年我怎么带你去见人？教幼儿园用得着留学吗？我送你去读个中专，省多少心？省多少钱？”

辛荻后悔挑明得太快，又想这疾风骤雨早晚要来，择日不如撞日，缩头不如伸头。

“我一个人熬心熬命供你，哪点让你比别人差了吗？养你到这么大，是为了叫你去伺候别人家小孩吗？你听过‘家有三斗粮，不当孩子王’吧？在幼儿园你能接触什么人？好到头就是当后妈了！明明跟着我长大，怎么跟你爸一样没出息！”你现在不也是后妈吗？辛荻简直想笑，女儿有出息就是她含辛茹苦，不合心意就是遗传自不争气的爸爸，文总永远里外是好人，早已立于不败之地了。辛荻听她历数艰辛，又开始抱怨早知如此，就该生下她和老于的那个孩子，至少身边还有人体贴云云，终于不耐烦了。

“罪过归到别人头上，委屈都是你一个人受的，这么想你的日子好过多了吧？”辛荻觉得无论如何那件事也怪不到她头上，“你这个人，好事没少做，非要摆出一副全天下都对不起你的样子，好事也变坏事。”

文总在那头悲鸣一声，仿佛是哭的前奏，却后继无声，她意外地没再争辩，结束了对话，辛荻收获了这小小胜利，只觉容易得让人不安。

文总终究不是能受委屈的人，没多会儿姥姥就出面做证，向辛荻承认是她当年拦着妈妈和老于要那个孩子，说这把年纪再养个小孩，将来辛荻找了婆家，便是娘家不正派的话引子，搞不好还要说是老大私生的。照此一说，文总放弃二胎果真是为了她辛荻。辛荻听完更加懊恼，她被文总挟制了二十多年，头一回顶回去，还顶错了地方，如今可算骑虎难下了。

收到艾萨克的求助信息那天，辛荻相当意外，上次的一场难堪之后，她以为艾萨克会很久不露出好模样。他肯屈尊求她帮忙，必然是出了大事。

艾萨克说的地方辛荻从没去过，这里明明与豪宅区一墙之隔，却荒败混乱如同鬼城。他坐在路边，裤腿沾了草叶，挽起裤脚的一边露出一道割伤，伤口像是出过不少血，这会儿已经凝固。

“自己摔的。这次没撒谎。”

“我没有那么想知道……”辛荻艰难扶起他的摩托车，推到旁边车站锁上，准备拉他起来，“我连你为什么在这儿都不感兴趣。”

艾萨克坐着没动：“我来买了点毒品。”

“什么？”

“没想到毒贩这么好找，只是那家伙没料到我这样的老头子会问他买草，费了好一会儿才相信，我既不是条子，也不是黑吃黑。”

辛荻望望周围，不想坐下来。

“他见我买太多，一个劲说‘老家伙，你别死在我的地盘上’。我告诉他其中一半是我请他抽的，只需要他坐下来陪陪我。这样的好事去哪里找，可惜他吓坏了，做出答应的样子，却一溜烟跑了。剩我一个人在这儿大抽特抽。我记得跟克里斯聊了很久，可又知道他并不在这儿。那一定是幻觉，他怎么会跟我聊那么久呢？”艾萨克撑着腰起身，“我好像睡了一会儿，有几个孩子闻着味儿过来，找我要烟，我当着他们把剩的都扔进河里了。”

辛荻叹了口气，搀着他的胳膊边走边问：“你是第一次试吗？”

艾萨克扶住脑袋：“不，还有一次，那是克里斯从戒毒所回来的第二天。他复吸了，我抢过他的白面儿，当着他的面吸进我的鼻子。我想知道他的感受，还想试试有人陪他一起戒事情会不会简单些。你不用摇头，我当然知道不会。我吐得厉害，法比奥还把我揍了一顿，那次我可没还手。”

“你放心，我今天不会吐了。”艾萨克钻进车里，“都吐光了。”

辛荻给他关上车门，回到驾驶座，心想如果是她染上毒瘾，文总会为她做什么呢，会不会像离开她犯了错的父亲一样，立刻切断所有羁绊？两人没再说话，艾萨克盯着前方，雨层云在天上铺满灰白色的鱼鳞，朝昏暗的天际放大，散去。道路旁一簇簇斑克木竖起红红黄黄的柱状花束，隐蔽在夜色中，影影绰绰，像一群无声举着的话筒，在等着谁作答。车本是朝艾萨克家开的，行到一多半他改了主意，让她开去店里。

店外挂着闭店牌子，也不知是出门前才挂上，还是这两天都没营业。

“钥匙在烤炉侧面的砖缝里。”艾萨克给自己胡乱做了些吃的，一边吃一边走出来，“我说的是展示柜的钥匙，我保证里面有你看到会笑的东西，就当答谢你接我回来。”

艾萨克指点她打开那幅全家福的相框，底下露出另外一张照片。照片上是一对坐在酒吧里的青年男女。两人搂抱在一起，女的长发浓妆，棱角分明，男的歪戴软帽，露出黑色短发。盯着后者的眉眼，辛荻心里竟突了一下，再仔细分辨，发现这人与克里斯的肖似。

“这是我。”艾萨克指的是那个“女的”。

辛荻失笑，这才明白另一人是克里斯的母亲。

“我们相遇的第一天就有了克里斯。”艾萨克边吃边说，“实不相瞒，我已看你趴在玻璃柜前好几次了，不如让我亲自给你讲讲。”

艾萨克在遇到克里斯的妈妈之前有过一次婚姻。他们结婚的时候才刚刚二十岁，那任妻子怀过三个孩子，第一个只怀了两个月就流产了，第二个孩子在出世前没了心跳，第三个孩子生下来就有年轻护士吓得惊叫起来——那个男孩的小肚子几乎是透明的，像有人在他一腔内脏上蒙了一层保鲜膜，小小的脏器缓缓跳动起伏，清晰可见，叫人不敢看，又挪不开眼睛。孩子终于还是没熬到出院。妻子日夜哭泣，坚称他们的结合受到了诅咒。或许那只是她逃脱厄运的托词，但离婚似乎是他们淡忘伤痛最好的方式。那之后艾萨克过回了婚前的生活，据他所说，比克里斯现在好不了多少。

几年以后他在摩托车车友会的派对上遇到了爱丽诺，她喜欢穿男装，因为额角有块胎记，她习惯压低一边帽檐，朋友们都叫她歪帽子爱丽诺。两人在派对上相谈甚欢，干脆逃出去疯了一夜。爱丽诺是那群人中最美的女孩，艾萨克不敢判断他们之间的关系，一直没敢再联系她。半个月以后，爱丽诺骑着摩托来找他，告知他那夜的亲热让她身怀有孕，车都没下又飞驰而去，把目瞪口呆的艾萨克留在当场。

因为这个意外而来的孩子，他们很快成立了家庭。艾萨克和许久未见的父亲握手言和，还跟他合开了比萨店。开业那天，父亲找来专业摄影师，在店门口拍了全家福。他单单揽着这个曾经最不成话的儿子，骄傲地站在其他人身后。

靠着父亲的好配方和爱丽诺的好性格，他们的生意相当不错。爱丽诺跟所有客人都成了朋友，包括艾萨克最好的兄弟们。他们常常笑话艾萨克的新口头禅："我现在该怎么做呢，爱丽诺？"

辛荻跟着笑了，想到她父母留下的逸事，没有一件能让人这样娓娓道来。

“爱丽诺的肚子一天大似一天，我干活开始心不在焉，日子忽然太好了，我又高兴又害怕。我开始酗酒，夜不归宿，跟父亲吵架。她孕期的最后，我干脆不再露面。”

雨声骤然而起，如同谁在半空中兜满一袋子雨水松手抛下。艾萨克起身切了一盘冷霜雪糕，码在碟子里端过来。辛荻去厨房找到艾萨克的杯子，泡了一杯生姜苹果热茶，给自己泡了甘菊茶，两只小小的茶包在各自的杯子里荡出一深一浅两汪颜色。艾萨克重新坐下：“你一定觉得我是不负责任的人渣吧。”

“但是你还是回去了，不是吗？”辛荻的小恋情都是没碰上过什么考验就结束了，而文总，她没有给过哪个男人回头的机会，唯一能反复原谅的人就是她弟弟。文总可以在任何时候飞奔向母亲给的指示，积极而无悔地处理弟弟的烂摊子，辛荻总觉得文总为娘家焦头烂额之际，有某种难言的殷勤和喜悦。

艾萨克的确回去了，那成了他记忆中最幸运的事，他赶上了小克里斯的出生。克里斯有着跟其他孩子一样响亮的哭声，有十个手指，十个脚趾，漂亮的鼻子——跟妈妈一样漂亮。他成了全家的小幸运星，从此比萨店的生意越做越好，承办的包餐活动越来越大，他们搬去了风情街最繁华的地段，还雇了十几个服务员。

“从断奶那时候起，克里斯最喜欢的食物就是比萨。”艾萨克从刚才的相框反面取出另一张被隐藏的照片——满脸酱汁的小男孩正为一块掉在地上的比萨号啕大哭，“他是我能想象的最完美的小天使，善良友爱，活泼好奇。每天他扑上来亲吻我们的时候，我都比昨天更爱他一些。”

辛荻放下那张照片，想起她认识的克里斯，一阵揪心。没有人为了讲一帆风顺的故事煞费苦心，辛荻等着急转直下。艾萨克却自顾自吃起雪糕，他指着盘子，惊喜之情溢于言表，好像第一次吃到自己做的甜点似的。半盘下肚故事才得以继续：“你听过菲利普岛吗？”

辛荻的目光看向橱窗里的头盔，她点点头。尽管在这个位置看不到字，她也记得上面的寄语："要么现在，要么永远不。"那个与艾萨克合影的摩托车手，身上穿的就是菲利普岛摩托车赛的衣服。急雨不知什么时候停了。清清凉凉的风灌进来，艾萨克推给她的雪糕她没动，已经在盘里融下一圈印子。

新世纪的第一年，菲利普岛重新成为世摩大赛赛道，那一年瓦伦蒂诺·哥伦布第一次参加比赛，没有一个人看好他，可他就是拿下了冠军。接受采访的时候他说，是因为刚才那款比萨太好吃了，他才冲劲十足。为车手提供比萨的正是艾萨克，他和他的"冠军套餐"名声大噪。此后连续八年，组委会都来请他为大赛供餐，哥伦布也在这条赛道上一连拿了八年冠军，成为二十一世纪初最伟大的车手。艾萨克志得意满，顺势拿下了大洋洲最佳比萨的荣誉，他的店终日顾客盈门。

这时候克里斯长大了，雇员多了，爱丽诺重新回到学校，修完了她搁置多年的法学专业，去了市区一家律所任职。开始她每天回家都跟艾萨克说受到的委屈和鼓励，说着说着，委屈的那部分没有了，爱丽诺也就不再需要倾诉了。艾萨克不得不适应，爱丽诺已经不会随时回答他“我该怎么办啊”的问题了，他们说得上话的日子变得很少。因为一个棘手的案子，她搬去律所附近的公寓暂住，就再也没回来。像当初莫名其妙地结合一样，他们都没有正式谈判一次，就彻底分开了。他们谁都以为克里斯那样的好孩子不需要额外操心，克里斯学会了撒谎，跟爸爸说在妈妈那，跟妈妈说在爸爸那，整日在外游荡，直到老师找上门来。艾萨克和爱丽诺正视了问题，他们刚刚重新规划了管教责任，克里斯出了车祸。在医院里，艾萨克发现儿子的血型是 B 型，他是 A 型，爱丽诺是 O 型。

艾萨克从医院里出去，没有质问爱丽诺，也没有给她一句交代，从此对娘俩避而不见。他深爱十五年的、聪明美丽的克里斯，原来不是亲生骨肉，他回忆起与前妻的三个无辜孩子，仿佛真的相信了诅咒。克里斯出院之后几次拄着康复拐杖来找艾萨克，极力保证再也不逃学，以期父亲能像以前一样待他，艾萨克不为所动。他只想等着爱丽诺的律师函，到时候他一定要把事实狠狠甩在她的脸上羞辱她。可是她什么都没有寄来，就这样接受了独自抚养克里斯的现实。他们从没有正式结婚，所以也不需要离婚，十几年的生活，就像梦一样无迹可寻了。

直到有一天，艾萨克被爱丽诺约去一家亲子鉴定机构，他看着那群等待结果的人，像看一个个和他雷同的笑话。拿到报告后，艾萨克惊呆了，他是罕见的AB亚型血，是其中那条表达极弱的B发生了突变，传给了克里斯。他抱着儿子号啕大哭，克里斯的心却已经对他彻底关闭了。

爱丽诺此时已是癌症晚期，她时日无多，不得不把孩子托付给艾萨克。那时克里斯已经开始吸毒，病床上她一遍遍叮咛，让艾萨克发誓带儿子去戒毒。艾萨克知道，如果不是因为癌症，他骄傲的爱丽诺一定会亲力亲为，一定不会去证明克里斯的血脉。艾萨克没能等到奇迹，爱丽诺离世了。克里斯的恨更加理所应当，对他来说，无论艾萨克做什么，都是徒劳的赎罪罢了。

克里斯在母亲的葬礼上毒瘾发作，惊恐的宾客撤退出一个圈，艾萨克上前抱住儿子，像以前一样回头找寻爱人的影子："我现在怎么办啊，爱丽诺？"他想起刚刚深埋进泥土的棺木，知道自己再也没有机会得到回答了。

艾萨克和儿子经历了一次次治疗，身体的，心理的，强制的，温和的。他目睹克里斯无数次接近过原来那个甜美的男孩，又无数次化身厉鬼。艾萨克曾经用爱丽诺的名义劝儿子，为了他的母亲，为了余生的幸福，再努力生活一次。克里斯却说，一切已经来不及了。

"如果你明确知道下一秒就是巨大的幸福，你还愿意努力生活吗？生活有多难，你比我清楚。"艾萨克擦擦眼泪，"那是我最后一次和清醒的儿子对话。往后，他一步步走到你今天看到的样子。"

"我不会给你任何建议的。"辛荻抱起膝盖，掩饰浓重的鼻音。

"所以我才会跟你讲这些故事。"艾萨克起身拿了件外套，扔在辛荻背上，"可惜我讲得太久了，如果你现在送我回家，你一个人回程我可放心不下。不如我们再多聊会儿，明早我坐公交车去把车骑回来。"

“没问题。”辛荻把外套盖在身上，将胳膊从袖筒中穿出来，“很暖和。”

“这个月份，你们家该下雪了吧。”

“我们那很少下雪。”

“也是，中国很大，不会所有地方都下雪。”他忽然想起不懂装懂的老蒂姆，“也不是所有中国人都喜欢巴萨诺瓦。”

两人想起那些大概不会再来的常客，都笑起来。辛荻用手机搜了一张杭州的照片递给艾萨克。

“这是你家乡的照片吗？真的很漂亮。如果我年轻三十岁，不，二十岁就好，我愿意去这个城市重新开始。”

“这不是我家。”辛荻鼓足勇气说，“是我准备工作的地方。”

艾萨克沉默了。

聊了这许久，两人一直没有开灯，大概展示柜里小小的射灯已足够撑起这个故事。一个十七八岁的男孩晃着涂料罐子，在比萨店门口的墙上涂鸦。他没有看到屋里有人，踩上矮梯大力挥舞着手臂。艾萨克仰靠在椅背上，脚搭在另一把椅子上，欣赏对面的创作。那孩子把喷空了的颜料罐丢在地上，抱着矮梯飞快地跑了。罐子在门口丁零零地滚走，一直到他们听力的极限。

“你知道我的餐馆有担保资质吧？没有学过餐饮专业也无所谓，你有经验，还善于考试，只要找一个律师，考一个证件……我不是在教你不诚实，一切都是合法的。你要知道，一般老板会收八万澳元才肯担保，但我不会要你的钱。没关系的，你还有时间，你去考个证件吧。”艾萨克语无伦次。

“可是我想回去。”辛荻努力想解释她的境遇，却发现她真的无法袒露心事，即使在艾萨克掏心掏肺了整夜之后，她还是无法直面内心。

艾萨克深深叹了口气：“我以为你会留下来，很多人都在想办法留下来，吃着中餐，说着中文，但一定要留下来。”

“也许对他们来说，留下是自由。对我来说，刚好相反。”

艾萨克看起来似懂非懂。辛荻也无意讲得更

明白。

白鹦鹉尖叫着，成群“驶”过天空，这意味着天光刚刚亮透，从比萨店所在的丁字路口看向对面街道，蓝紫色的考试花像两道薄雾青烟平行远去。艾萨克僵硬地起身，辛荻也可以回家了。

艾萨克说要休息几天，叫辛荻也抓紧准备结业考试：“你知道的，如果考试花开了你还没开始复习，那一定来不及了。”

辛荻像是想起什么，冲出去看店外被涂鸦的墙面。她忽然放声大笑，笑声穿透进来，把艾萨克也引了出去。只见“艾萨克比萨 传统手工意式比萨”的标牌下，被人喷上黄色的“M”，还写了几个大字：“但是，我就喜欢麦当劳。”

艾萨克拉辛荻站在墙边，就着清晨亮色，拍下了他们的合影。

毕业典礼的第二天，辛荻已经封好回国的行李了。自己的电子设备全都打包了，她便开着电视打扫房间。“从本田到雅马哈，不管哥伦布每场开始的表现如何，他的惯例都是最后两圈做出神一般的举动，以超越经验的方式争取胜利……”辛荻从吸尘器轰鸣的间隙听到那个熟悉的名字，才看出电视里是菲利普岛摩托车赛的重播。她坐下，调大了声音，看着哥伦布从外侧一一超越对手，冲进一号弯道，来到下一赛段。解说员介绍说，这是他职业生涯的第四百场比赛，当年他就是在这拿到了第一个冠军。辛荻目不转睛，注视着哥伦布驶入最后一个弯道。哥伦布把赛车倾斜到最大角度，脚轻轻触地保持平衡，身子朝唯一的竞争者压去。哥伦布如愿以偿把对方挤出赛道，自己的速度却也掉了下来。他身后的第二梯队像是集体发了狂，一辆辆如长虹出云，甩开了他。

第八名哥伦布，没有出现在最后的转播画面，解说员报道了一句他骨折了，镜头就切到了冠军。

辛荻擦着手心的汗，心头怅然。她的车已卖给了一个学弟，于是坐了几站电车，走回到野马街。艾萨克比萨已经重新开门，门口的涂鸦也被粉刷掉了。之前她在社交媒体上得知希腊双胞胎已在建筑公司找到新工作，本来还担心店铺无法营业呢。

新的服务员是个扎着金色双马尾的高个儿东欧姑娘，显然并不认得她。辛荻点了一个单人比萨，踱步到一边等候。她一眼看到展示柜里多了一张照片，她和艾萨克站在阳光熹微的店门口，两脸疲惫地笑着，身后明黄的“M”像一扇框起两人的大门。

柜子最下面还是那张杂志剪贴画。她拿着打包的比萨步出店门，想起那天夜晚，哦不，那个凌晨艾萨克最后的讲述。

那天他们全家出游，艾萨克抱着儿子去厕所，爱丽诺在书报亭等着他们。回来的时候爱丽诺笑得蹲在地上，缓了许久才指着杂志上那个人说：“你看这个蠢货，好像你。”艾萨克看着杂志上的人，也大笑起来。原来他们相遇的那一夜，喝醉的艾萨克也在酒吧偷过这样一块大冰，非要一路推着给爱丽诺送到家里去。两人擦着笑出的眼泪买下那本杂志。摊主也被他们逗笑了：“怎么，你丈夫常常做这种傻事吗？”“不是常常，是总是。”爱丽诺答。

艾萨克说，那一天他真的很幸福。

后　记

当这本书面世的时候，新的一岁或许已经来临。

这一年中许多事发生得猝不及防，许多事再也没机会发生，因为日子雷同，回想起来很多时间节点都极其模糊。在不便出门的日子里，我看了很多电影，整理了书稿，跟大家一样颇做了些中西面点，收藏了无数“宅在家不如学点 × ×”的视频，并且再也没有打开过。

除了为不可抗力流过几滴眼泪，幸运的我仍盘桓在平凡和琐碎中，庆幸又难免羞愧。而我的写作带来过什么呢？既没有为人们消除过病痛，也没能为社会解决过疑难。

想必所有写作者都问过自己“为什么写”，前两本书出版后，我从网友口中的谅谅，逐渐成了韩老师。用了多年的微信签名“老而弥萌”，眼瞅着坐实了。我曾一度停止了写小说，新的诗也仅存在手机便签里，不愿意发出来。但在内心深处我知道，写作是有意义的，对于我，它是打碎和修缮，是消耗也是滋养，是我没办法置之不理的蠢蠢欲动。对于我为数不多的读者，我希望它可以是一场小小的远足。

所以你瞧，我又开始了。

我在《兰花草》的创作谈里说：

如果一种感觉，对我来说是“重要且足够远”的，我认为是写下它的好时候了。我不善于虚构明天，只想记取昨天，看它们一个一个摞叠在一起，失去边界的同时得到力量。

年轻时的我总想，我该写点什么别人没写过的？

如今写的心还在，这份儿妄想已经没有了，我写点什么自己没写过的就行了。明白这仅关乎我，手脚便松快了一半。一样的世相人情，有人写过也没什么，李杜诗篇之后，也有无数人歌咏过星月山川。

在文艺领域你很难站在巨人的肩膀上，或者不必站在巨人的肩膀上。面对一个空白的文档，所有作者都与先贤平起平坐，此时你既有一滴水的自知之明，又可以作为一片最小的海，对自身的汹涌和平静负责。

嗐，我是真不喜欢写创作谈，但还是写了，回头看看好像还怪不错的。就像我根本不清楚在“后记”里应当干什么，也已经说了半天。只知道致谢是一定要的，哪怕还没能取得些许成就，也可以把感言列举如下，以备不时之需。

感谢参与本书出版的所有编辑老师，他们工作之细致，效率之惊人，令人敬佩。

感谢《小说界》的乔晓华老师。如果不是她约稿，很多篇目都不会这么快与大家见面。《倒春寒》、《兰花草》、《灰里焰》（原名《不平行宇宙》）、《推冰人》几篇都原载于该杂志。

感谢我的朋友 Glenda Anderson（格伦达·安德森）女士在我写《推冰人》这则澳大利亚故事时提供的帮助。

感谢还在阅读的人。

那么，翻到这一页的时候一切还好吗？

山花海树，浅色微光，都献给你了，也献给大陆，献给长空。

韩今谅　2020 年年末